MASKIERTER GENUSS

EIN MILLIARDÄR – LIEBESROMAN
(NACHTCLUB-SÜNDEN ZWEI)

MICHELLE LOVE

INHALT

Veröffentlicht in Deutschland:

Von: Michelle L.

© Copyright 2021

ISBN: 978-1-64808-885-8

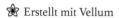 Erstellt mit Vellum

KLAPPENTEXT

**Eine leidenschaftliche Nacht wurde zu lebenslanger
Verantwortung ...**

Die kleine Schönheit erregte sofort meine Aufmerksamkeit.
Das sexy Negligé, das sie trug, betonte ihren sinnlichen Körper, auch
wenn eine Maske ihr Gesicht vor mir verbarg.
Aber ich eroberte sie und nahm sie mir, so oft ich wollte. Sie gehörte
mir in jener Nacht.
Meine kleine Sklavin gab mir alles, was ich von ihr verlangte.
Meine Berührung ließ sie die Kontrolle verlieren, so dass sie mir
mehr gab als jemals zuvor einem anderen Mann.
Letztendlich gab sie mir mehr, als ich jemals erwartet hatte...

1

NIXON

Halloween-Nacht

Die Nachtluft ließ mich leicht frösteln, als mein Fahrer vor dem Club hielt, zu dem ich ihm den Weg gewiesen hatte. Hier fand ich immer Erleichterung. Meine dunkle Seite kam oft um den sündigsten Feiertag herum zum Vorschein. Der Dom in mir wollte eine Nacht lang mit einer Sub spielen. Das war alles, was ich mir zu erlauben wagte.

Ich war bis nach Portland, Oregon, gereist, um einige Zeit meinem Leben in Los Angeles, Kalifornien, zu entfliehen. Zu Hause ließ ich die Finger von BDSM. Dieses Vergnügen war für den Club reserviert, dem ich beigetreten war, als er vor ein paar Jahren eröffnet wurde. Der Dungeon of Decorum war ein Ort, den ich nicht oft besuchte – ich kam nur einmal oder zweimal im Jahr her.

Ich spielte einfach gern die dominante Rolle, ich war nicht immer so. Ich hatte noch nie eine Sub gebucht oder für mehr als eine lustvolle Nacht bezahlt. Es war einfach eine Möglichkeit für mich, ab und zu Dampf abzulassen, nicht mehr.

Als ich die Einladung zum ersten jährlichen Halloween-Ball des Clubs erhielt, war ich in der Stimmung für BDSM-Spaß und machte

Pläne, an dem teilzunehmen, was der Einladung nach zu urteilen garantiert jede Menge Spaß bieten würde.

Ein roter Teppich führte mich von dem Wagen, den ich gemietet hatte, zur Tür von etwas, das wie eine Hütte aussah. Von außen war das alles, was man sehen konnte. Im Inneren führte eine Treppe nach unten, wo es einen großen Hauptraum, mehrere kleinere, intimere Räume, eine Reihe privater Räume und sogar private Suiten für Langzeitaufenthalte gab.

Als ich in den Hauptraum ging, sah ich ein riesiges Banner über der Menge, die sich dort versammelt hatte, um an den gruseligen Festlichkeiten teilzunehmen. Umhänge bedeckten die Smokings der meisten Männer, genau wie bei mir auch. Eine einfache Maske im Stil von Lone Ranger verbarg meine Identität. Die Frauen waren in ihrer düsteren, sexy Kleidung die wahren Stars der Nacht.

Ich muss ein wenig überwältigt von all den willigen Frauen ausgesehen haben, als ein Mann meine Schulter berührte. „Siehst du jemanden, der dir gefällt?"

Mit einem Nicken beantwortete ich seine Frage. „Viele von ihnen sind nach meinem Geschmack. Das ist bei weitem die heißeste Halloween-Party, zu der ich jemals eingeladen worden bin."

„Ich auch", sagte der Mann und grinste. „Aber ich bin nicht hier, um nach einer neuen Sub zu suchen. Ich habe jetzt eine dauerhafte." Er streckte mir seine Hand entgegen. „Dr. Owen Cantrell."

Als ich seine Hand schüttelte, erinnerte ich mich daran, diesen Namen schon einmal irgendwo gehört zu haben – dann fiel es mir ein. „Du bist der Schönheitschirurg der Stars. Das heißt, du *warst* es, bevor deine Reality Show geendet hat. Ich glaube, sie hieß *Beverly Hills Reconstruction*. Ich lebe auch außerhalb von Los Angeles. Nixon Slaughter. Ich besitze und leite Champlain Services."

„Ich habe davon gehört", sagte Owen, als er nickte. „Eine Umweltagentur."

Zu sagen, dass ich stolz auf meine Firma war, wäre eine Untertreibung gewesen. Sie hatte viel Zeit gebraucht, um zu wachsen und sich einen Namen zu machen. Nach Jahren harter Arbeit hatte ich mehr erreicht, als ich mir jemals erträumt hatte. Wir waren weltweit aktiv und das Beste war, dass wir dem Planeten und zukünftigen Generationen halfen.

Ich schob die Hände in die Taschen und schaukelte auf meinen Füßen hin und her. „Du hast davon gehört?"

„Wer nicht?", fragte er mit einem Grinsen. „Ich habe auch etwas in der *L.A. Times* über dich und deine zwei Geschäftspartner gelesen, die einen neuen Club in der Innenstadt bauen. Ein exklusives Etablissement, so wie die besten Nachtclubs in Las Vegas. Wann, glaubst du, werdet ihr eröffnen?"

„Wir hoffen, dass alles rechtzeitig für eine Silvesterparty fertig wird. Das ist das Zieldatum für die Eröffnung." Ich zog eine Visitenkarte aus der Brusttasche meines Jacketts und reichte sie Owen. „Hier ist meine Nummer. Ruf mich an und ich arrangiere, dass du und deine Begleitung Gäste des Hauses seid."

Er steckte die Karte ein und klopfte mir auf den Rücken. „Cool. Wir werden da sein. Danke, Mann." Er zog ebenfalls eine Karte hervor und gab sie mir. „Und wenn du jemanden kennst, der meine Dienste braucht, gibst du ihnen meine Nummer. Wenn sie sagen, dass du sie an mich verwiesen hast, bekommen sie zehn Prozent Rabatt."

Ich steckte seine Karte ein. „Das mache ich, Partner."

Eine Frau mit langem, seidenschwarzem Haar, einem fast durchsichtigen Negligé und einer riesigen Maske mit Pfauenfedern kam an Owens Seite. Er legte seinen Arm um sie und zog sie dicht an sich. „Gestatte mir, dich mit der Frau bekannt zu machen, die bei deiner feierlichen Eröffnung mein Date sein wird. Das ist Petra, meine Frau."

Sie streckte eine lange, schlanke Hand aus und ich nahm sie und küsste sie. „Es ist mir ein Vergnügen, dich kennenzulernen, Petra. Ich bin Nixon Slaughter. Ich freue mich darauf, euch beide in meinem Nachtclub am Silvesterabend zu sehen. Ihr werdet meine Ehrengäste sein."

„Oh", sie sah ihren Ehemann an. „Der Club, ich habe darüber gelesen." Ihre dunklen Augen wandten sich zu mir. „Habt ihr schon einen Namen dafür gefunden? Zuletzt habe ich gelesen, dass ihr euch noch unsicher seid."

Ich schüttelte den Kopf und schob die Hände in meine Taschen zurück. „Nein, wir sind in einer Sackgasse. Aber wir werden uns bald etwas einfallen lassen – sobald wir herausfinden, wie wir Gannon Forester dazu bringen können, nicht ständig all unsere Ideen abzulehnen."

Petras Augen leuchteten auf, als sie sagte: „Wie wäre es mit Club Exclusive? Weißt du, weil es sich um einen exklusiven Teil der Gesellschaft, die Ultra-Reichen, handelt."

„Ich werde es meinen Partnern vorschlagen." Unsere Aufmerksamkeit wurde von einem Mann abgelenkt, der auf der Hauptbühne an das Mikrofon getreten war.

„Fröhliches Halloween!", rief der Zeremonienmeister.

Donnernder Applaus dröhnte durch den großen Raum. Owen nickte mir zu, und er und seine Frau gingen nach vor, um näher an die Bühne zu gelangen. Ich hingegen trat zurück. Ich war nicht wild darauf, inmitten einer Menschenmenge zu sein. Ich war lieber in der Nähe des Ausgangs – es war eine merkwürdige kleine Eigenart von mir. Beim Ausbruch einer Panik niedergetrampelt zu werden, war eine Art Phobie, die ich hatte.

Also hielt ich mich am Rand der Menge auf. Ein Kellner kam mit einem Tablett mit verschiedenen Cocktails vorbei. Ich nahm ein klares Getränk, in dem ein paar Kirschen schwammen. Als ich es probierte, schmeckte es nach frischer Minze.

Als ich auf die Bühne zurückblickte, sah ich vier Leute darauf stehen. Ein Mann und drei Frauen – alle in roten Umhängen – gingen in Position. Ketten fielen von den Dachbalken und weitere Männer kamen auf die Bühne, um die Frauen zu fesseln.

Mit Seilen und Ketten zu spielen war nichts, was ich je gemacht hatte. Nicht, dass ich es eines Tages nicht gern versucht hätte, aber ich hatte einfach nicht das Know-how für all das Zubehör. Und ich konnte keinen speziellen Raum dafür zu Hause haben, so wie es viele Doms taten. Meine Eltern aus Texas besuchten mich etwa drei- oder viermal im Jahr. Normalerweise blieben sie eine Woche, und Mom war verdammt neugierig. Ich würde nie vor ihr verbergen können, dass ich in meinem Haus eine Folterkammer hatte.

Ganz zu schweigen davon, dass die Strandhäuser in Malibu nicht gut dafür geeignet waren, Dinge zu praktizieren, die Frauen zum Schreien brachten. Früher oder später würde jemand die Polizei rufen.

Also musste ich meinen kleinen Fetisch anderswo ausleben. Nur wenige Leute kannten mein finsteres Geheimnis – meine Partner und meine beste Freundin Shanna. Meine Partner fanden es cool. Shanna dachte, dass es verrückt sei und dass ich eines Tages darüber hinwegkommen und endlich erwachsen werden würde.

Shanna und ich waren schon in unserer kleinen Heimatstadt Pettus, Texas, Freunde gewesen. Als ich nach L.A. ging, war sie wütend auf mich gewesen, weil ich sie in dem langweiligen kleinen Ort ganz allein zurückgelassen hatte. Nachdem ich mich niedergelassen hatte, gab ich ihren Bitten nach und ließ sie zu mir kommen und bei mir wohnen, bis sie auf eigenen Füßen stehen konnte – was ihr sehr schnell gelang. Während sie mit mir zusammenlebte, erfuhr sie von meinem kleinen Geheimnis.

Ich hatte in der ersten Woche, als Shanna bei mir wohnte, eine Frau mit nach Hause gebracht. Um ehrlich zu sein, hatte ich vergessen, dass sie da war. Ich verpasste der Frau ein Spanking und sie stöhnte – eine Menge – und flehte mich an, härter zuzuschlagen. Shanna klopfte an die Schlafzimmertür und schrie mich an, ich solle rauskommen und mit ihr reden. Ich tat es und schickte die Frau widerwillig nach Hause, während Shanna mich für mein unverzeihliches Verhalten zur Rede stellte. Sie sagte, dass *Fifty Shades* Unsinn sei und jeder, der so etwas tat, ein gottverdammter Idiot sei.

Ich erwartete noch mehr Beschimpfungen und eine lange Moralpredigt von ihr, wenn ich von dieser Reise nach Hause kam. Ich hatte es geschafft, aus der Stadt zu entkommen, bevor sie mich erwischen und versuchen konnte, mich davon abzuhalten, nach Portland zu gehen – sie wusste, was ich tat, wenn ich dorthin reiste.

„Entschuldige bitte", ertönte eine sanfte Stimme, als eine Frau meinen Arm berührte, um mich dazu zu bringen, einen Schritt zur Seite zu machen, damit sie sich in die Menge bewegen konnte.

Sie machte nur ein paar Schritte, bevor die Menschenmasse sie wie eine Mauer stoppte. Selbst von hinten war sie eine verlockende Schönheit.

Lange Beine, die mit zerrissenen schwarzen Netzstrümpfen bedeckt waren, steckten in roten Highheels. Ein schwarzes Mieder umschloss ihre Kurven und ihr runder Hintern ging in einen Rücken über, bei dem die Wirbelsäule durch einen durchsichtigen schwarzen Spitzenstoff entblößt war.

Sie trug ihre Haare in einem langen, dunklen Zopf, der über ihre linke Schulter nach vorn fiel. Als sie sich umdrehte und sichtlich verärgert darüber war, dass sie von ihrer Position aus nicht mehr sehen konnte, trafen ihre blauen Augen meine.

Ich prostete ihr mit meinem Getränk zu und sagte: „Hey."

Hey? Wirklich? Wie lahm das klingt!

2

KATANA

Obwohl die Nacht schlecht begonnen hatte, schaute ich direkt in die herrlichsten tiefgrünen Augen, die ich je gesehen hatte. Die Maske, die er trug, konnte die Tatsache nicht verbergen, dass der große, muskulöse Mann gut aussah. „Hey", sagte er zu mir, als er sein Glas hob.

Ich brauchte dringend einen Drink. Er musste es bemerkt haben, als sich meine Augen von seinem Blick zu seinem fast vollen Glas bewegten. In diesem Moment ging ein Kellner hinter ihm vorbei und er hielt ihn an und nahm einen Drink für mich von dem vollen Tablett.

Er reichte mir ein dunkles Getränk mit einer Limettenscheibe, die am Rand des Highball-Glases hing, und lächelte mich an. „Möchtest du etwas trinken?"

„Nur zu gern." Ich nahm das Getränk von ihm entgegen und kämpfte darum, vornehm einen kleinen Schluck zu probieren, anstatt alles hinunterzukippen, wie ich es wirklich wollte.

Die letzte Woche war höllisch gewesen. Ich hatte meinen Zeitplan nicht im Blick behalten und nicht nur zwei oder drei Fristen für mich festgelegt, sondern zehn. Als freiberufliche Buchcover-Designerin war ich seit Kurzem selbständig, was bedeutete, dass ich mein eigener Chef war. Da ich keine Management-Erfahrung hatte, waren die Dinge außer Kontrolle geraten. Ich wusste, dass ich es irgendwann hinbekommen würde – aber die Woche hatte ihren Tribut gefordert.

Man könnte meinen, dass ein BDSM-Club mit einer Halloween-Party der letzte Ort ist, an den eine überarbeitete Frau geht. Aber mich ganz jemandem hingeben zu können war eine Erleichterung für mich. Also nahm ich die Einladung meiner Freundin Blyss an. Wir hatten uns vor langer Zeit getroffen, als ich ein Kind war, das in ein Waisenhaus geschickt wurde, nachdem meine Mutter verschwunden war. Blyss und ich waren uns sehr ähnlich. Wir waren beide stille Einzelgänger. Wir hatten einander geschrieben, als ich in eine Pflegefamilie zu einem älteren Ehepaar kam und sie im Waisenhaus blieb. Wir standen weiterhin in Kontakt, damit wir beide wussten, dass es mindestens eine Person auf der Welt gab, die wusste, dass wir existierten.

Blyss hatte den Mann, den sie schließlich heiratete, in diesem Club kennengelernt, und sie hatte mich ermutigt, ihn mir selbst anzusehen und den ersten jährlichen Halloween-Ball zu besuchen. Sie wusste, dass ich wenig Erfahrung in der BDSM-Welt hatte, versicherte mir aber, dass das egal sei. Ich sollte mir alles ansehen und wenn mich jemand um etwas bat, sollte ich ihn einfach über meine Unerfahrenheit informieren.

Ich hatte gehofft, dass sie und ihr Mann Troy im Club sein würden, aber aus irgendeinem Grund wollte er sie nicht dorthin zurückbringen. Ich fand es merkwürdig, dass er nicht an den Ort zurückkehren wollte, der sie zusammengeführt hatte.

„Kommst du oft hierher?", fragte mich der Mann und riss mich aus meinen Gedanken.

Erst in diesem Augenblick wurde mir klar, dass ich nicht einmal Danke gesagt hatte. „Oh, meine Güte!" Ich verzog das Gesicht und spürte, wie sich das Plastik meiner Maske in meine Wangen bohrte. „Es tut mir leid. Ich hatte eine höllische Woche. Zuerst möchte ich mich dafür bedanken, dass du mir einen Drink besorgt hast. Ich brauche reichlich Alkohol, um all das Chaos zu vergessen. Nun zu deiner Frage – nein, ich komme nicht oft hierher. Das ist mein erstes Mal."

Als seine Lippen sich zu einem der besten Lächeln verzogen, die ich je gesehen hatte, konnte ich nicht anders, als seine perfekten Zähne zu bemerken. „Dein erstes Mal, hmm? Hast du Erfahrung mit dieser Art von Dingen?"

Mein Körper spannte sich an. Ich war es nicht gewöhnt, darüber zu sprechen, wo ich meine Erfahrungen gemacht hatte, so begrenzt sie auch waren. „Nun, ich hatte einen Freund, als ich 19 war. Er hat mir gern den Hintern versohlt. Und daraus wurde dann etwas Bondage." Ich zögerte, ihm den Rest zu erzählen, da die gemeinsame Zeit mit meinem Ex-Freund nicht gut geendet hatte. Ich wollte nicht, dass dieser Mann dachte, ich hätte Angst wegen dem, was passiert war. Aber Blyss hatte mich gedrängt, zu jedem Mann ehrlich zu sein, mit dem ich vielleicht etwas in Betracht ziehen würde, also fuhr ich fort: „Am Ende wurde das BDSM zu körperlichem und psychischem Missbrauch. Es endete damit, dass er ins Gefängnis kam, weil er mich halbtot geprügelt und mir dabei den Arm und den Kiefer gebrochen hatte."

„Verdammt." Seine knappe Antwort ließ mich zu Boden schauen. Ich wusste, dass er Mitleid mit mir hatte und mich wahrscheinlich für traumatisiert hielt. Seine Finger berührten mein Kinn und hoben mein Gesicht an. Ich sah die Sorge in seinen grünen Augen. „Bist du jetzt okay?"

Ich nickte. „Das war vor ein paar Jahren. Ich bin darüber hinweggekommen", sagte ich zu ihm.

Das stimmte größtenteils. Der letzte Rest dieser schrecklichen Zeit in meinem Leben war ein Albtraum, der mich hin und wieder daran erinnerte, dass ich immer noch einen kleinen Schaden von dem Monster hatte.

„Du kannst mich Mr. S nennen. Wie soll ich dich nennen?" Er verlagerte sein Gewicht, als er mich ansah.

„Katana", sagte ich, da ich mir keinen alternativen Namen für mich ausgedacht hatte. Blyss hatte mir nichts davon erzählt. „Katana Reeves."

„Freut mich, dich kennenzulernen, Katana Reeves." Er wies mit dem Kopf zur Seite. „Ich bin kein Freund von Menschenmassen. Möchtest du mit mir in eines der kleineren Zimmer gehen? Wir können uns zusammen eine Szene ansehen."

Ich nickte und er nahm mich bei der Hand, bevor wir aus dem großen Raum gingen. Ich war einen Schritt hinter ihm und nutzte die Gelegenheit, mein Glas auszutrinken, während er mich nicht sehen konnte. Ich musste mich schnell beruhigen, und der Alkohol würde mir hoffentlich dabei helfen.

Als er eine Tür aufstieß, hörte ich ein schreckliches Stöhnen und sah eine Frau, die komplett gefesselt über einen Tisch gebeugt war. Gedämpftes Geflüster war zu hören, während eine Handvoll Menschen sich die brutale Szene ansah.

Aus den Augenwinkeln entdeckte ich eine Bar und zog an der Hand von Mr. S, um ihn dazu zu bringen, mich loszulassen. Er blieb stehen, drehte sich zu mir um und bemerkte das leere Glas in meiner Hand. Er lächelte mich an und wir gingen zuerst zur Bar. „Was möchtest du, Katana?"

„Bourbon mit Cola, bitte." Ich hatte das Gefühl, dass er sich um mich kümmerte, und es war fantastisch – genau das, was ich nach meiner hektischen Woche brauchte.

„Einen doppelten Micher's Celebration mit Cola für die Dame und noch einmal das Gleiche für mich, pur auf Eis." Er stellte sein halbvolles Glas auf die Bar und ich stellte mein leeres daneben. Seine dunkelgrünen Augen bewegten sich zu meinen Lippen. „Ich mag deinen schwarzen Lippenstift. Schade, dass er später verschmiert werden wird."

Seine zuversichtliche Äußerung überraschte mich und ich konnte den heißen Mann, der komplett aus Muskeln zu bestehen schien, nur anstarren. Ein Schauer durchlief mich, als unsere Getränke serviert wurden. Er nahm meines und reichte es mir. Dann ergriff er sein Getränk mit der einen Hand, meine Hand mit der anderen und führte mich zu einem kleinen Tisch für zwei im hinteren Teil des Raumes.

Ich schluckte, als ich das laute, schmatzende Geräusch von Leder auf Haut und den Schmerzensschrei, der folgte, hörte. Meine Augen schlossen sich, als ich darüber nachdachte, worauf ich mich eingelassen hatte.

Sein Arm bewegte sich über meine Schulter und zog mich näher an ihn. Seine Lippen streiften mein Ohr, als er leise sagte: „Du bist absolut in Sicherheit, Katana. Kein Grund zur Sorge. Lehne dich einfach zurück und entspanne dich. Genieße die Show – danach denkst du vielleicht darüber nach, was du und ich zusammen machen können. Ich verspreche dir, dass du dich in meinen Händen nicht missbraucht fühlen wirst."

Die Art, wie er sprach, der Ausdruck in seinen Augen, seine Berührungen – alles beruhigte mich. Er war ein vollkommen Fremder, aber ich fühlte mich zu ihm hingezogen, wie ich es noch nie bei einem anderen Mann erlebt hatte. Ein weiteres schmatzendes Geräusch ließ mich das Paar auf der kleinen Bühne betrachten.

Die Frau in den Seilen schien besiegt zu sein. Mein Herz schmerzte, da ich wusste, wie sich das anfühlte. In mehr als einer Hinsicht. Lyle Strickland war nicht der Erste gewesen, die mich so lange geschlagen hatte, bis ich mir wünschte, der Tod würde mich von den Schmerzen erlösen. Aber er würde verdammt nochmal der Letzte gewesen sein.

Der Dom der Frau band sie los, trug ihren lädierten Körper zu einem Bett und legte sie sanft darauf. Er wollte sie verlassen, als ihre Arme sich zu ihm erhoben und sie stöhnte: „Bitte, Sir."

„Jetzt willst du mich?", fragte ihr Dom. „Ich dachte, du wolltest den anderen Mann."

„Nur dich, Sir. Ich bin nur für dich bestimmt. Bitte nimm mich. Ich gehöre dir."

Wir hatten den Großteil der Show nicht gesehen, aber ich nahm an, sie hatte ihren Dom betrogen und war dabei erwischt worden. Mein Blick fiel auf Mr. S, der mit der Szene nicht zufrieden zu sein schien. Sein Mund bildete eine harte Linie.

Er und ich schienen in einem BDSM-Club fehl am Platz zu sein. Sein Gesichtsausdruck unterschied sich von dem der meisten anderen Männer, die die Show gesehen hatten. Er sah angewidert aus, während die meisten anderen begeistert wirkten. Ich musste zugeben, dass diese bestimmte Szene auch nichts war, was mir gefiel.

Wenn jemand einen betrog, verließ man ihn. Man konnte niemanden mit Schlägen dazu bringen, einen zu lieben. Als ob das im wirklichen Leben jemals funktionieren könnte.

Es war nicht überraschend für mich, als er sich zu mir herabbeugte. „Ich habe ein paar Spielsachen in meinem Hotelzimmer. Was sagst du dazu, dass wir diesen Ort verlassen und dorthin gehen?"

Mein Gehirn erhob Einspruch. *Ähm, hallo, Katana. Du weißt nicht einmal den richtigen Namen dieses Mannes oder sonst irgendetwas, außer dass er auf BDSM steht.*

Ich hob eine Augenbraue und wagte zu fragen: „Denkst du, du könntest dich für mich ausweisen, bevor ich auf dieses Angebot eingehe?"

Ohne zu zögern, zog er sein Portemonnaie aus der Tasche und zeigte mir seinen kalifornischen Führerschein. „Ich bin Nixon Slaughter, Inhaber von Champlain Services in Los Angeles." Er ging noch einen Schritt weiter und drückte mir seine Visitenkarte in die Hand, bevor er sein Portemonnaie wieder wegsteckte. „Das ist meine Nummer. Fühlst du dich jetzt besser bei dem Gedanken, allein mit mir zu sein, Katana Reeves?"

Mit einem Nicken willigte ich in das, was er wollte, ein. „Ich bin jetzt in deinen Händen, Mr. S."

„Ich denke, heute Nacht würde ich gern Meister genannt werden, meine kleine Sklavin." Er stand auf, nahm meine Hand und wir gingen davon.

3

NIXON

Als wir in die Lobby des Heathman Hotels traten, waren alle Augen auf Katana und mir. Sie hatte einen roten Umhang übergezogen, um ihr verführerisches Negligé zu bedecken, aber wir hatten die Masken anbehalten. Es machte so einfach mehr Spaß.

Mit dem Aufzug fuhren wir zu dem Stockwerk, in dem sich mein Zimmer befand. Die anderen Passagiere schienen zu spüren, dass wir nichts Gutes im Sinn hatten, und hielten geflissentlich Abstand zu uns. Als wir ausstiegen, blieben die anderen drinnen, und wir lachten beide, als wir den Flur entlanggingen.

Ich legte meinen Arm um ihre Schultern und drückte sie sanft. „Denkst du, wir haben sie eingeschüchtert?"

„Scheint so." Katana lächelte und es ließ mein Herz schneller schlagen. Ihr Lächeln war erstaunlich. So hell, brillant und echt. „Sie dachten wohl, sie wären mit ein paar Freaks im Aufzug gelandet."

„Sind sie das nicht auch?", fragte ich grinsend und zog die Schlüsselkarte hervor, um die Tür zu meinem Hotelzimmer zu öffnen.

Ich ließ sie zuerst hineingehen und sie sah sich in dem glamourösen Raum um. „Ich lebe jetzt schon so lange in Portland und war noch nie hier. Dabei ist dieses Hotel so etwas wie ein Schatz der Stadt."

„Das ist es wirklich. Ich übernachte immer hier, wenn ich in Portland bin." Ich schloss die Tür und verriegelte sie hinter uns.

Sie drehte sich um und sah auf die Tür. „Nur damit du es weißt, ich habe das noch nie gemacht."

„Ich dachte, du hättest gesagt, dass du es gemacht hast, es aber schlecht gelaufen ist." Bekam sie kalte Füße? Ich hatte ihr noch gar nichts getan.

Sie zog den Umhang aus und drapierte ihn über die Rückenlehne des Stuhls vor dem kleinen Schreibtisch. „Ich meine, ich bin noch nie mit einem Mann ins Bett gegangen, den ich gerade erst getroffen habe." Sie sah mich an und lächelte schüchtern. „Oder bist du einer dieser BDSM-Typen, die direkt in die Bestrafungsphase gehen und den Sex überspringen wollen?"

Ich zog meine Schuhe aus und fragte mich, was sie über all das dachte. Sie schien ruhig zu sein, aber sie war gerade mit einem Fremden in ein Hotelzimmer gegangen. Sie und ich hatten auf dem Hinweg nichts besprochen und ich hatte ihre Grenzen nicht ausgelotet.

Ich fühlte mich ganz anders als sonst – und ich hatte keine Ahnung, warum sie diese Wirkung auf mich hatte. Aber ich würde mich davon nicht zurückhalten lassen. Katana hatte eine Schönheit an sich, die mich faszinierte. Sie war nicht lange in der Lage, Augenkontakt zu halten. Und als wir auf dem Weg zum Hotel allein auf dem Rücksitz des Autos gewesen waren, hatte sie nur dann gesprochen, wenn ich etwas zu ihr sagte.

Es war fast so, als ob ich wieder ein unerfahrener Teenager wäre und keine Ahnung hatte, was ich tun sollte, und Katana schien die gleiche Reaktion auf mich zu haben. Ich stolperte über meine Worte, als ich versuchte, ihre Frage zu beantworten. „Ich, ähm, gut – mal sehen. Ich komme nicht vom Schlagen, wenn es das ist, was du mich fragst. Und ich würde gern Sex haben, wenn es dir recht ist."

Sie sah zu Boden. „Okay. Ich meine, ich hätte auch gern Sex. Es ist wirklich lange her, seit ich es getan habe."

„Wie lange, Katana?" Ich zog mein Jackett aus und ging es aufhängen.

„Ein Jahr oder so."

Ich ließ das Jackett auf den Boden fallen und drehte mich um. „Soll das ein Scherz sein?"

Sie schüttelte den Kopf und mein Herz schlug schneller für die junge Frau. „Ungefähr eineinhalb Jahre." Sie sah sich im Raum um und ihre Augen landeten auf dem Minikühlschrank. „Ich nehme nicht an, dass du da drin Alkohol hast, oder doch?"

Ich knöpfte mein Hemd auf und verstand jetzt vollkommen ihr Bedürfnis nach Alkohol. Das arme Ding war nervös. Das konnte ich in Ordnung bringen. „Das ist nicht nötig. Ich weiß, wie du deinen Durst löschen kannst. Leg dich mit dem Rücken auf das Bett. Dein Meister wird seiner kleinen Sklavin Vergnügen bereiten."

„Soll ich mich zuerst ausziehen?" Sie hob einen Fuß an, als sie ihre Hand auf ihre Hüfte stemmte.

„Nein. Tu einfach das, was ich dir gesagt habe." Ich zog mich bis auf meine engen schwarzen Boxershorts aus und ging zu der Seite des Bettes, wo sie sich hinlegte und auf mich wartete. „Schließe deine Augen, Sklavin. Entspanne dich."

Ich hob ihren Fuß an, strich mit meinen Lippen über ihr langes Bein, packte dann den oberen Teil ihres schenkelhohen Netzstrumpfes mit meinen Zähnen und zog ihn bis zu ihrem Knöchel herunter. Dann streifte ich ihr den Highheel ab und entfernte den Strumpf.

Ich strich mit meinen Händen über ihr nacktes Bein und spürte Gänsehaut. Ich machte das Gleiche mit ihrem anderen Bein, bevor ich meinen Körper zwischen ihre Beine legte. Sie war nervös, das konnte ich an ihrem flachen Atem erkennen.

„Eine der Regeln des Clubs ist, dass alle auf Krankheiten untersucht werden und die Frauen für die Verhütung verantwortlich sind." Ich beugte mich vor und blies auf ihr von einem Höschen bedecktes Zentrum. Ihre Essenz strömte bereits durch den dünnen Stoff. „Hast du dich um alles gekümmert, Sklavin?"

„Ja, Meister." Ich sah zu, wie sich ihre Hände auf der Tagesdecke zu Fäusten ballten. Sie war angespannt in Erwartung dessen, was ich vorhatte.

„Du hast nichts zu befürchten. Unser Safeword ist *Rot*. Sag *Gelb*, wenn du dich unwohl fühlst. Verstanden?" Ich blies wieder auf ihr Zentrum.

„Verstanden, Meister." Sie begann zu zittern und ich wusste, dass sie sich Sorgen darüber machte, in was sie hineingeraten war.

Sie wusste nicht, dass sie in mir einen ziemlich guten Mann hatte, der sicherstellen würde, dass sie bekam, wonach sie im Dungeon gesucht hatte. „Ich werde dir dein Höschen herunterreißen und dir deine Kleidung vom Körper schneiden. Aber keine Sorge, am Morgen werde ich dir etwas zum Anziehen bringen lassen. Ich will dich die ganze Nacht lang, Sklavin."

Sie spannte sich noch mehr an, sagte aber nichts. Ich lächelte, weil es mich begeisterte zu wissen, dass sie mir so sehr vertraute, auch wenn sie zu diesem Zeitpunkt absolut keinen Grund dazu hatte.

Mit einer schnellen Bewegung riss ich ihr das Höschen herunter und legte meinen Mund auf ihr warmes Zentrum. Sie stöhnte leise und wurde lauter, als ich ihre Schamlippen küsste. Lippen, die zu lange nicht geküsst worden waren.

Die Geräusche, die sie machte, ließen meinen Schwanz immer härter werden. Ich wusste sofort, dass es schwierig sein würde, mich unter Kontrolle zu halten. Aber ich mochte Herausforderungen, also dachte ich nur daran, ihr Lust zu bereiten und ignorierte meine Erektion. Ich würde bekommen, wonach ich mich sehnte, nachdem sie ein paar Mal für mich gekommen war.

Ich bewegte meine Zunge in sie hinein und kostete ihr dekadentes Aroma. Oh, sie schmeckte wie die Sünde und zugleich wie der Himmel!

So gut sie auch schmeckte – ich musste wissen, ob ein Orgasmus ihren Geschmack noch verbessern würde. Ich zog meine Zunge aus ihr heraus und ging zu ihrer Klitoris, die dreimal so groß war wie zuvor. Ich saugte daran und bewegte dann meine Lippen auf und ab, als sie noch mehr wuchs.

Katanas Stöhnen wurde lauter und sie wölbte sich mir entgegen.

Ich konnte hören, wie ihre Fäuste auf das Bett hämmerten und sie wimmerte, als ihr Körper die Kontrolle verlor. Ich war begierig, meine Zunge in sie zu bekommen und zu spüren, wie sich die Muskeln in ihrem Inneren bei ihrem Orgasmus zusammenzogen.

Feuchte Hitze traf meine hungrige Zunge, als ich sie in ihr enges Zentrum schob. Sie spannte sich um mich herum an, als ich sie hin und her bewegte und ihren Körper reizte, noch einmal für mich zu kommen. Ich war hingerissen von allem, was sie mir gab, und wusste, dass ich eine sinnliche Frau ausgewählt hatte. Ich würde ihr eine Nacht schenken, an die sie sich noch sehr lange erinnern würde. Eine Nacht, die sie auch dann noch kommen lassen würde, wenn sie lange Zeit keinen Sex mehr gehabt hatte.

Ich zog meinen Kopf von ihrem nassen Zentrum, um sie anzusehen. Sie sah großartig aus, während sie keuchend die Augen geschlossen hatte. Die Maske war immer noch auf ihrem Gesicht und versteckte sie ein wenig vor mir. Einen Moment lang dachte ich darüber nach, sie ihr abzunehmen. Aber ich schüttelte den Kopf. Die Masken gaben uns Anonymität. Das war Teil des Nervenkitzels – jemanden zu ficken, über den man nicht viele Informationen hatte und der einem im Grunde nichts bedeutete.

Als ich vom Bett aufstand, sah ich, dass ihre wunderschönen blauen Augen geöffnet waren und mich beobachteten, während ich ein paar Sachen holte. „Danke, Meister. Das habe ich wirklich gebraucht. Du hattest recht. Ich brauche keinen Alkohol, um mich zu entspannen. Du bist sehr gut in dem, was du tust."

„Schön, dass es dir gefallen hat, Sklavin. Jetzt sag mir, wie viel Schmerz du fühlen willst, und ich werde dir das auch geben." Ich zog ein paar meiner Lieblingsspielzeuge aus meinem Koffer und drehte mich mit vier gepolsterten Handschellen um. „Wie wäre es, wenn ich dich damit fixiere?"

Sie setzte sich auf und strich mit ihren Händen über ihre wogenden Brüste. „Ich bin schon lange nicht mehr gefesselt worden. Nach dem, was mir passiert ist, habe ich das nie wieder zugelassen." Mein Gesicht muss meine Enttäuschung gezeigt haben, denn sie fügte schnell hinzu: „Ich vertraue dir, Meister. Ich bin in deinen fähigen Händen und werde alles tun, was du willst." Sie legte sich wieder hin. „Los, fessle mich. Ich gehöre dir und du kannst mit mir spielen."

Mein Schwanz zuckte bei ihren Worten. *Sie gehört mir und ich kann mit ihr spielen?*

Sie war wirklich unwiderstehlich!

4

KATANA

Die einzigen Worte, die ich verwenden könnte, um Nixons Körper zu beschreiben, waren *total durchtrainiert*. Die Wölbung in seiner engen schwarzen Unterwäsche ließ der Fantasie nur wenig Raum. Er war größer als jeder andere Mann, mit dem ich jemals zusammen gewesen war, und mein Zentrum pochte vor Verlangen nach seinem riesigen Schaft.

Das letzte Klicken, das ich hörte, fixierte mich mit gespreizten Armen und Beinen auf dem Bett. Mein Negligé war noch intakt, aber ich wusste, dass das nicht mehr lange so sein würde, als er mit einem Messer in der Hand zu mir zurückkehrte. Das Licht ließ die lange Klinge funkeln und mein Herz schlug schneller vor Angst. Ich schluckte und schloss meine Augen, als ich die kalte Klinge auf meiner Haut spürte.

Ich hörte, wie er den dünnen Stoff, der meinen Körper kaum vor seinen wunderschönen grünen Augen versteckte, durchschnitt. Sobald er ihn vollständig entfernt hatte, fühlte ich, wie er die Spitze des Messers über mich bewegte. Er hielt an einer Brustwarze inne und ich spürte, wie die empfindliche Knospe pulsierte. Ich hatte keine Ahnung gehabt, dass Messerspiele so verlockend und erotisch sein konnten, und immer gedacht, ich hätte viel zu viel Angst, um es überhaupt zu genießen.

Wie sehr ich mich geirrt hatte.

Das Messer wanderte an meiner Seite hinunter und Nixons Mund ersetzte die Klinge an meiner Brustwarze. Er zog mit den Zähnen daran und ich stöhnte, als ein leichter, köstlicher Schmerz durch mich zuckte. Dann leckte er sie, bevor er hineinbiss und mich aufschreien ließ.

Sein Lachen war tief und unheimlich. Er genoss es, mich vor Schmerz aufschreien zu lassen. Die Klinge bewegte sich an meiner Seite auf und ab und rief sowohl Schüttelfrost als auch Hitze in mir hervor. Es wäre so einfach für ihn gewesen, mich mit diesem langen, scharfen Messer zu verletzen, aber das würde er nicht tun. Etwas in mir wusste das einfach.

Nixon zog das Messer über meinen Bauch und dann zu meiner anderen Brust, bis ich seine Schärfe an meiner Brustwarze fühlte. Eine schnelle Bewegung und ich würde sie verlieren. Ich hörte auf zu atmen.

Verdammt, habe ich mich in die Hände eines Mörders begeben?

Sicher, er hatte mir seine Visitenkarte mit seinem Namen und seiner Telefonnummer gegeben, aber was hatte ich davon, wenn ich tot war?

Das Safeword *Rot* tauchte in meinem Gehirn auf, aber bevor ich es sagen konnte, war das Messer weg und sein heißer Mund war auf meiner Brust. Er saugte fest und lange an meiner Brustwarze, und das kalte Messer kam auf meinem Bauch zur Ruhe. Ich stöhnte, als der Schmerz von seinem starken Saugen sich mit Vergnügen tief in meinem Kern mischte. So etwas hatte ich noch nie gespürt. Noch nie hatte jemand mit solcher Heftigkeit und so lange an meiner Brustwarze gesaugt, und der Höhepunkt, der mich überkam, überraschte mich.

„Gott!", schrie ich bei all den Empfindungen. Mein ganzer Körper pulsierte bei einem härteren Orgasmus als ich jemals zuvor gespürt hatte.

Nixons Stimme war leise an meinem Ohr, „Still jetzt, Sklavin. Wir haben gerade erst angefangen."

Mein ganzer Körper zitterte. *Wir hatten gerade erst angefangen?* Ich hatte schon zwei heftige Orgasmen gehabt und wir hatten gerade erst angefangen?

Hatte ich die Ausdauer, um durch die Nacht zu kommen?

Ich beobachtete ihn, wie er von mir wegging und sein muskulöser Hintern sich bei jedem Schritt bewegte.

Ja, ich kann die Ausdauer finden, um mit ihm durch die Nacht zu kommen!

Meine Arme und Beine sehnten sich danach, sich um seinen muskulösen Körper zu legen, und ohne nachzudenken zerrte ich an meinen Handschellen.

Mein Zentrum pulsierte immer noch von dem Orgasmus und wollte mehr. Es wollte, dass er so tief in mir begraben war, dass es fast unmöglich schien. Ich sehnte mich danach, ihn bis zu meinem Herzen zu spüren. Und ich wollte es jetzt. „Bitte, Meister, nimm mich jetzt." Die Worte kamen als gewimmerte Bitte heraus.

Er blieb stehen und wirbelte herum. Seine Augen waren plötzlich hart und kalt. „Sagst du deinem Meister, was er tun soll, Sklavin? Das ist Grund für eine Bestrafung – sicher weißt du das."

Das wusste ich nicht. Ich meine, ich dachte, ich hätte es so formuliert, dass es nicht so klang, als würde ich ihm sagen, was er tun sollte, aber ich musste mich geirrt haben.

Er ging zu seinem Koffer und zog einen langen schwarzen Ledergürtel heraus. Ich keuchte, als er auf mich zukam und die Handschellen löste. Ich lag vollkommen still. Er packte mich an der Hüfte und zog mich zu sich, bis ich mit dem Gesicht nach unten auf seinem Schoß lag.

Ein Schlag mit dem Gürtel ließ mich aufheulen und er gab mir drei weitere in schneller Folge. „Wirst du deinem Meister jemals wieder sagen, was er tun soll, Sklavin?"

Ich beobachtete, wie mein Körper auf das Spanking reagierte, und stellte fest, dass er brannte. Im besten Sinne. Mein Zögern, ihm zu antworten, brachte mir drei weitere Hiebe ein und ich stöhnte, als ich spürte, wie ich vor Verlangen noch feuchter wurde.

Ich wollte mehr.

Ich hielt den Mund und er gab mir drei weitere Klapse, bevor er fragte: „Will meine kleine Sklavin bestraft werden?"

„Ja", flüsterte ich. „Mehr. Bitte."

„Wie du möchtest." Er verpasste mir noch drei Schläge, dann griff er unter mich, steckte seinen Finger in mich und fand mich nasser als jemals zuvor in meinem Leben. „Ah, ich verstehe jetzt, warum du so ungehorsam bist." Er stieß seinen Finger in mich und benutzte seine freie Hand, um mir damit noch mehr Klapse auf den Hintern zu geben.

So verrückt das auch klingen mag, erregte es mich unheimlich. Sein Finger bewegte sich immer weiter, während seine andere Hand mich immer wieder schlug. Dann berührte er mit einem Finger meinen G-Punkt – von dem ich nicht einmal sicher war, dass ich ihn hatte, weil weder ein anderer Mann noch ich selbst ihn jemals gefunden hatten. Ich kam sofort zum Orgasmus und weinte vor Erleichterung.

Tränen strömten aus meinen Augen, als mein Körper alles losließ. Die Spannung, die ich wochenlang – vielleicht sogar über Monate oder Jahre – mit mir herumgetragen hatte, schien sich in mir zu verwandeln und durch meine Augen und mein Zentrum aus meinem Körper zu strömen.

Bevor ich wusste, wie mir geschah, hatte er mich auf den Rücken gelegt und meinen Hintern an die Bettkante gezogen. Er ging auf die Knie und leckte mich zwischen den Beinen. Die Geräusche, die aus seiner Kehle drangen, ließen mich denken, dass er noch nie etwas gekostet hatte, das er so genossen hatte.

Warum kann das hier nur eine Nacht dauern?

Ich schüttelte bei diesem Gedanken den Kopf und wischte mir die Tränen ab. Ich durfte nicht über die Zukunft nachdenken. Wer weiß, vielleicht würde er irgendwann für mehr zu mir zurückkehren.

Als er satt war, stand er auf und wischte sich mit dem Handrücken das Kinn ab. „Jetzt bist du dran."

Ich beeilte mich, auf dem Bett auf Hände und Knie zu gehen, und seine Erektion war genau vor meinem Mund. Ich zog seine Unterwäsche von seinem gewaltigen Schwanz und sah, dass er steinhart war.

Ich nahm seinen Schaft in meine Hände, sah mir das schöne Ding an und leckte mir die Lippen, bevor ich mir vorstellte, wie voll mein Mund sein würde. Ich öffnete und schloss ihn ein paar Mal, dehnte meinen Kiefer und leckte dann die Spitze, während ich die Basis umfasste.

Nur das obere Viertel passte in meinen Mund, und ich benutzte meine Hände, um den Rest abzudecken. Nach ein paar Sekunden hatte ich das Bedürfnis, ihm mehr zu geben. Er hatte mir so viel gegeben.

Ich zog meinen Mund von ihm und bemerkte den verwirrten Blick, den er mir zuwarf. Aber er verstand schnell, was ich vorhatte, als ich mich auf den Rücken legte und meinen Kopf über die Bettkante fallen ließ. Er lächelte und steckte seinen Schwanz in meinen Mund. In dieser Position konnte ich ihn ganz in mir aufnehmen, aber er war für die Bewegungen zuständig.

Sein Schwanz glitt tiefer in meinen Mund und traf meine Kehle, sodass ich ein bisschen würgen musste, aber er drückte ihn weiter nach unten. Ich schloss die Augen, als Tränen daraus hervorquollen – nicht weil ich Schmerzen hatte, es war nur eine natürliche Reaktion auf das Würgen. Zuerst bewegte er sich langsam, dann wurde er immer schneller, bis er seine Ladung in meinen Hals schoss.

„Gott!", schrie er, als er seinen Schwanz aus meinem Mund zog. „Fuck!" Er atmete schwer, als er sich keuchend auf das Bett setzte. „Niemand hat das jemals für mich getan. Mir wurde immer gesagt, dass ich zu groß bin."

Ich setzte mich auf und er drehte seinen Kopf, um mich anzusehen. Ich konnte nicht anders als zu lächeln und war außerordentlich zufrieden mit mir. „Du bist nicht zu groß. Du bist genau richtig. Für mich jedenfalls."

Ein Lächeln zog über sein Gesicht und er warf mich auf den Rücken und küsste mich hart. Unsere Aromen vermischten sich und wir stöhnten beide, weil sie so gut zusammenpassten.

Als er mich bestieg, spreizte ich meine Beine für ihn und er rutschte direkt in mich. Sein Schwanz war wieder hart und dehnte mich auf seine Größe. Es brannte und ich stöhnte vor Schmerz. Aber dann fühlte es sich unglaublich an. Er stieß tiefer in mich hinein als jemals zuvor. Unsere Körper arbeiteten mit einer Kraft zusammen, die ich nie gekannt hatte.

Als wir beide gleichzeitig kamen, begegneten sich unsere Augen. Ich spürte alles so intensiv. Er hielt still in mir, als wir versuchten, Atem zu holen. Wir starrten uns nur an. Seine Arme stemmten sich auf beide Seiten neben meinem Kopf und wir keuchten wie Tiere. Ich hatte keine Ahnung, was er dachte. Aber ich hatte meine eigenen Gedanken, auf die ich mich konzentrieren musste.

Das kann nicht real sein!

5

NIXON

Unsere gemeinsame Zeit verging viel zu schnell. Katana und ich taten alles, was mir einfiel, und nicht ein einziges Mal schien sie das Geringste zu befürchten. Obwohl wir Fremde waren, fühlten wir uns so verbunden, als hätten wir uns schon immer gekannt.

Wir hatten nur ein paar Stunden Schlaf, bevor der Fahrer, den ich angeheuert hatte, kommen sollte, um mich zum Flughafen zu bringen, wo ich in den Firmenjet zurück nach L.A steigen würde. Ich hatte Arbeit zu erledigen.

Als ich mich umdrehte, um sie zu wecken, sah ich, dass ihre Maske beim Schlafen von ihrem Gesicht gerutscht war. Meine war noch an Ort und Stelle, aber ich zog sie herunter, während ich Katana anstarrte.

Ihr Gesicht war genauso großartig, wie ich erwartet hatte. Ich hatte ihr dunkles Haar irgendwann in der Nacht aus ihrem Zopf gezogen, und die langen Strähnen waren überall. Sie sah aus wie ein schlafender Engel und ihre Lippen waren geschwollen von all den Küssen, die ich ihr gegeben hatte. Ich schob eine Haarsträhne aus ihrem Gesicht und sie stöhnte leise, bevor ihre Augen aufflatterten.

Ich konnte das Lächeln nicht stoppen, das meinen Mund umspielte – sie sah zu perfekt aus. „Hi."

„Hi", antwortete sie und dehnte sich. Dann hob sie die Hand und streichelte meine Wange. „Du bist noch schöner ohne die Maske."

„Und du bist noch schöner ohne deine." Ich küsste ihre Wange. „Hast du gut geschlafen?" Bevor sie antworten konnte, zog ich sie in meine Arme und hielt sie auf eine Art und Weise fest wie selten zuvor, besonders nicht bei jemandem, mit dem ich einen One-Night-Stand gehabt hatte.

Sie kuschelte sich an meine Brust. „Du hast mich völlig erschöpft. Ich habe geschlafen wie ein Baby. Nicht einmal zum Träumen hatte ich noch Energie."

Lachend stimmte ich ihr zu: „Wir haben alles gegeben, hm?"

„Das kann man wohl sagen. Ich werde es sicher nicht so schnell vergessen", sagte sie. Dann rollte sie sich von mir herunter und stand auf, um ins Badezimmer zu gehen.

Ich beobachtete ihren runden Hintern und bewunderte die Grübchen auf ihren Hüften, als sie den Raum verließ. Und ich ertappte mich dabei, wie ich seufzte. „Was hast du mit mir gemacht, du kleine Verführerin?"

Der Sex war besser gewesen als alles, an das ich mich erinnern konnte. Sie fühlte sich besser in meinen Armen und unter mir an als jemals eine andere Frau zuvor. Aber es war eine einmalige Sache gewesen.

Sicher, ich könnte sie wahrscheinlich ab und zu anrufen und sehen, ob sie noch eine Nacht mit mir haben wollte, aber das war nicht mein Stil. Ich zog es vor, alles nach einer Nacht zu beenden. So blieb es unkompliziert und das war mein Ziel.

Ich hörte die Dusche und entschied, dass es an der Zeit war, an der Rezeption anzurufen und ihr etwas zum Anziehen für den Heimweg bringen zu lassen. „Hier spricht Rhoda. Was kann ich für Sie tun, Mr. Slaughter?"

„Ich brauche Kleidung in Größe 36." Ich hatte das Etikett ihres Negligés überprüft, um ihre Größe zu ermitteln. Sie hatte rote Highheels, also bestellte ich etwas, das zu ihnen passen würde. „Können

Sie ein schwarzes Kleid hochbringen lassen? Etwas Schönes und Teures. Dazu einen passenden BH und Slip." Ich musste die Größe erraten. „Den BH in 75 D. Und wenn Sie eine schöne Halskette finden, dann fügen Sie sie hinzu. Geld spielt keine Rolle. Ich will das Beste von allem. Und bitte schicken Sie es so schnell wie möglich auf mein Zimmer."

„Ja, Sir. Geben Sie mir eine halbe Stunde."

Ich legte auf und ging zum Schrank, um meine Kleidung für den Rückflug nach Hause zu holen. Mein Handy klingelte, und ich ging zurück und stellte fest, dass es keine Nummer auf meiner Kontaktliste war. „Hallo?"

„Hey, ist da Nixon?", fragte mich ein Mann.

„Ja. Wer spricht da?" Ich schaute in den Spiegel auf meine stoppeligen Wangen. *Vielleicht sollte ich meinen Bart wachsen lassen*, dachte ich mir. *Als kleine Erinnerung an letzte Nacht.*

„Owen Cantrell. Du hast mir letzte Nacht deine Karte gegeben. Ich rufe nur an, um zu fragen, ob alles in Ordnung ist. Ich habe dich letzte Nacht aus den Augen verloren und wollte sichergehen, dass du es nach draußen geschafft hast."

„Ähm, ja, alles okay." Ich hatte keine Ahnung, warum er sich wegen so etwas Sorgen machen würde.

Er sagte mir bald, warum. „Das war eine Szene, hm? Ich glaube nicht, dass ich jemals zuvor in meinem Leben mehr Angst gehabt habe."

„Wovor?", fragte ich verwirrt.

„Die Explosionen natürlich", erklärte er mir.

„Explosionen?"

„Ja", fuhr er fort. „Warte, bist du gegangen, bevor das passiert ist?"

„Sieht so aus." Ich ging zurück zum Bett und setzte mich etwas benommen hin. „Also gab es Explosionen? Ist jemand verletzt oder getötet worden?"

„Zum Glück wurde niemand verletzt. Wir haben es alle geschafft, irgendwie da rauszukommen." Er hielt inne und ich hörte ein schmatzendes Geräusch. „Es tut mir leid. Ich musste meiner Frau einen Kuss geben. Wir hätten uns letzte Nacht fast verloren. Es war furchtbar. Der Dungeon of Decorum scheint am Ende zu sein. Er wurde komplett zerstört."

„Das kann ich nicht glauben", murmelte ich. „Wann ist das passiert?"

„Verdammt, ich kann dir das nicht einmal sagen. Ich konnte bis vor Kurzem nicht klar denken. Ich hatte definitiv einen Schock. Ich denke immer nur daran, wie nah meine Frau und ich dem Tod gekommen sind."

„Wow. Sieht so aus, als hätte ich mehr Glück als Verstand gehabt. Ich bin froh, dass ich jemanden gefunden habe und wir früh gegangen sind." Und ich war auch noch aus anderen Gründen froh darüber.

„Nun, du und ich müssen uns unbedingt treffen, wenn wir wieder in Los Angeles sind. Ich würde dich gern noch vor Silvester sehen. Bis später, Nixon", sagte er und legte dann auf.

Meine Augen flogen zur Badezimmertür, aus der Katana gerade kam. Sie hatte ihren perfekten Körper in ein weiches rosa Handtuch gewickelt. „Habe ich dich mit jemandem reden gehört?"

„Ja", sagte ich, als ich mein Handy auf den Nachttisch legte. „Scheint so, als würden wir nie wieder in den Club zurückkehren."

Ihre dunklen Augenbrauen hoben sich. „Und warum nicht?"

„Er wurde zerstört. Durch Explosionen. Ich kenne nicht die ganze Geschichte. Einer meiner Freunde aus dem Club hat gerade angerufen, um zu fragen, ob ich es geschafft habe." Ich stand auf, ging direkt zu ihr und nahm sie in meine Arme, während ich immer noch nackt wie am Tag meiner Geburt war. „Ich bin so froh, dass ich dich da rausgeholt habe, bevor irgendetwas passiert ist, Katana."

„Mein Gott, Nix. Wir hatten großes Glück, nicht wahr?", fragte sie. Ich spürte, wie ein Schauer sie durchlief, als ihr Körper ein wenig zitterte.

Sie hatte mich Nix genannt. Meine Mutter nannte mich so. Niemand sonst. Ich hatte einen Ruf, der normalerweise Spitznamen verbot. Aber ich liebte, wie er aus ihrem Mund klang.

Ich ließ sie nicht los, als ich sie mit einem Grinsen auf meinem

Gesicht ansah. „Nix, hm? Okay, von mir aus. Heißt das, dass ich dich Kat nennen darf?"

Seufzend lächelte sie mich schwach an. „Ich weiß nicht, ob wir uns irgendwie nennen sollten. Wenn wir hier weggehen, ist alles vorbei. Keine Verpflichtungen. Ich erinnere mich, wie es funktioniert. Wir hatten eine heiße Nacht, und das war es. Ich kenne die Regeln. Ich werde dich nicht belästigen."

Sie kann mich jederzeit belästigen.

Ich nickte, weil ich wusste, dass sie im Club etwas unterschrieben hatte, das sie dieses Versprechen halten lassen würde. Aber es hielt mich nicht davon ab, mich deswegen ein bisschen schlecht zu fühlen.

Ich mochte die Frau wirklich. „Du hast meine Nummer, falls du mich brauchst. Nicht dass ich denke, dass du das tun wirst – aber wenn du es tust, hast du sie."

„Ich werde sie nicht benutzen." Sie drehte ihren Kopf. „Dafür sind wir beide nicht in den Club gegangen, richtig? Eine heiße Nacht mit verrücktem Sex ist das, was wir wollten, und wir haben genau das bekommen." Sie schaute mich an und ich sah etwas in ihren blauen Augen schimmern. Ihre Hände bewegten sich meine Arme hoch und umfassten mein Gesicht. „Ich werde die letzte Nacht für immer im Gedächtnis behalten, Nixon Slaughter. Es ist die beste Erinnerung meines Lebens." Sie küsste sanft meine Lippen.

Jetzt war es an mir, einen Schauer zu spüren, und mein Körper bebte einen Moment. Ich zog sie fester an mich und küsste sie auf eine Art und Weise, wie ich es noch nie bei einer One-Night-Stand-Sub gemacht hatte.

Ein Klopfen an der Tür unterbrach das, was sich sicher in eine weitere sexuelle Eskapade verwandelt hätte. Mein Gehirn war dankbar, mein Schwanz nicht. „Das sind deine Kleider. Zieh dich an, während ich dusche. Wage es nicht zu gehen. Ich werde meinem Fahrer sagen, dass er dich nach Hause bringen soll, nachdem er mich zum Flughafen gebracht hat. Ich würde dich zuerst nach Hause fahren lassen, aber ich muss sofort ins Büro, wenn ich wieder in L.A. bin. Die meisten Tage sind Arbeitstage für mich."

„Okay", sagte sie mit einem Lächeln. „Das ist sehr nett von dir."

Nett? War ich nett?

Ich ließ sie los und ging davon, wohl wissend, dass ich nicht ich selbst bei ihr war. Ich war alles andere als nett. In L.A war ich bekannt für meine Distanziertheit und dafür, dass ich nie länger als ein paar Wochen mit jemandem zusammen war. Die meiste Zeit war ich mit meiner Firma beschäftigt. Mir wurde vorgeworfen, bei Verabredungen nachlässig zu sein, Anrufe beim Abendessen anzunehmen, aufzustehen und meine Dates ohne Erklärung sitzenzulassen.

Beim Duschen versuchte ich über meine Geschäfte nachzudenken, um wieder nüchtern zu werden, aber Katana kam mir immer wieder in den Sinn und ich erinnerte mich an ihr süßes Lächeln und ihre heißen Küsse.

Ich musste mich beeilen und die sexy kleine Katana nach Hause bringen. Weg von mir. Ich schien ihr zu verfallen und das konnte ich unmöglich zulassen.

6

KATANA

Als ich mich an meinen Computer setzte, um an einem neuen Buchcover zu arbeiten, trug ich immer noch das wunderschöne Kleid, das mir Nix gekauft hatte. Wir hatten uns erst vor ein paar Stunden getrennt, und sein Abschiedskuss kribbelte immer noch auf meinen Lippen.

Ich starrte ausdruckslos auf den Computerbildschirm. Mein Verstand konnte sich auf nichts anderes als auf die Ereignisse der letzten Nacht konzentrieren. Als mein Handy klingelte, zuckte ich zusammen und hoffte, dass er es war.

Aber er konnte es nicht sein. Er hatte meine Nummer nicht. Ich hatte seine, obwohl ich sie nie benutzen würde. Es stand einer Sub nicht zu, ihren Meister anzurufen, selbst wenn ihr Pakt nur für eine Nacht galt.

Blyss' Name erschien auf dem Display und ich nahm den Anruf an. „Hallo, Blyss. Wie geht es dir?"

„Du klingst viel zu ruhig, Katana. Bist du letzte Nacht nicht im Club gewesen?", fragte sie.

„Doch, und ich habe ihn nur kurze Zeit nach meiner Ankunft wieder verlassen. Der schönste Dom der Welt hat mich auserwählt, bevor ich eine Chance hatte, viel von dem Club zu sehen." Ich stand auf und ging zum Fenster, um nach draußen zu schauen, während ich die Erinnerung an das erste Mal heraufbeschwor, als ich Nix gesehen hatte.

Blyss' Stimme riss mich aus meinen Gedanken, bevor ich wirklich anfangen konnte, über den Mann zu fantasieren. „Also warst du nicht im Club, als Chaos ausgebrochen ist?"

Oh, das! „Nein. Er und ich sind sehr früh gegangen, Gott sei Dank. Jemand aus dem Club rief ihn an und erzählte ihm von dem, was passiert ist. Wir hatten Glück."

„Das hattet ihr wirklich." Sie schien viel ruhiger zu sein als vorher. „Okay, also dieser Dom, erzähl mir alles über ihn und darüber, was ihr getan habt."

Ich lehnte meine Schulter gegen die Fensterscheibe und seufzte. „Er ist der beste Liebhaber, den ich je hatte. Nicht, dass ich viele hatte. Okay, ich hatte zwei, aber seit einem Jahr hatte ich keinen Sex mehr."

„Hast du nicht mal masturbiert?", unterbrach sie mich.

„Das ist persönlich!" Ich lachte. „Aber nein, nicht einmal das. Vielleicht war es deswegen so intensiv und befriedigend, ich weiß es nicht. Aber es war elektrisierend und ich kann nicht aufhören, darüber nachzudenken. Ist es möglich, einen Sex-Kater zu haben, Blyss?"

Sie lachte. „Ich hatte schon mehr als einen. Aber wenn du einen Mann hast, der so intensiv ist wie meiner, ist dein Leben eine Abfolge wilder Orgien."

„So wäre es also, wenn ich eine langfristige Beziehung mit einem Dom hätte?", fragte ich und zitterte innerlich bei dem Gedanken daran.

„Hast du letzte Nacht darüber nachgedacht, einen Vollzeit-Dom zu finden, Katana?", fragte sie mit einem Hauch von Humor in ihrer Stimme.

„Nun, nicht irgendeinen Dom. Aber mein Dom gestern war kein Mann für mehr als eine Nacht. Er lebt nicht einmal in dieser Stadt." Ich ging vom Fenster weg und setzte mich wieder hin.

„Also war er in der Lage, all den aufgestauten Stress aus dir herauszubekommen? Ich weiß, dass dein Terminplan letzte Woche verrückt war – du bist fast durchgedreht." Sie lachte erneut. „Ich hoffe, er konnte dich beruhigen."

Der ganze Stress war weg und es musste seinetwegen sein. „Oh, ja, er hat all das verschwinden lassen. Viel besser als die Masseurin, die eine Freundin mir empfohlen hat."

Sie kicherte wissend. „Das kann ich mir vorstellen."

Ich strich mit der Hand durch meine Haare, und der Duft des Hotel-Shampoos ließ ein Bild von Nixon in meinem Kopf aufblitzen. Ich musste dringend an etwas anderes denken. „Also, wie geht es deinem Mann, Blyss? Ist mit Troy alles in Ordnung?"

„Es geht ihm gut. Wir machen nachher mit den Kindern einen Schaufensterbummel", erzählte sie mir. „Wir machen das jedes Jahr, damit sie uns alles zeigen können, was sie sich wünschen, und wir sie dann mit ein paar Dingen davon an Weihnachten überraschen können. Es ist eine nette Tradition, die wir seit ein paar Jahren haben."

„Weihnachten? Jetzt schon?", musste ich fragen. „Es ist gerade erst der Tag nach Halloween."

„Ja, ich weiß. Das ist der traditionelle Tag, an dem wir das machen. Auf diese Weise haben wir viel Zeit, um sicherzustellen, dass sie das bekommen, was sie wirklich wollen. Ich erledige meine Weihnachtseinkäufe immer vor Thanksgiving. Denn am Tag nach Thanksgiving stellen wir den Weihnachtsbaum auf, so dass ich sofort Geschenke darunterlegen kann. Die Feiertage sind unserer Familie sehr wichtig."

„Ich bin froh, dass du eine große Familie hast, mit der du das Leben und die Liebe genießen kannst. Du verdienst es, Blyss", sagte ich. Sie war der beste Mensch gewesen, den ich im Waisenhaus kennengelernt hatte.

„Oh, danke, Katana. Du verdienst auch Glück." Sie hielt inne, und ich konnte spüren, dass sie nachdachte. „Ich mache mir manchmal Sorgen um dich. Du bist zu viel allein, verschanzt dich in deiner kleinen Wohnung in Portland und designst Buchcover. Ich weiß, dass du gutes Geld damit verdienst, aber du brauchst auch ein soziales

Leben. Du musst wirklich mehr rausgehen. Mach es dir zur Gewohnheit. Mach um fünf oder sechs Uhr Feierabend, mach dich hübsch und geh raus, anstatt die ganze Nacht durchzuarbeiten."

„Ich weiß nicht." Der Gedanke, auszugehen und vielleicht mit einem anderen im Bett zu landen, fühlte sich falsch an. Ich wusste, dass ich nicht Nixon gehörte, aber es gab etwas, das mir sagte, dass ich enttäuscht wäre, wenn ich mit einem anderen Mann schlafen würde. Außerdem konnte ich in diesem Moment nicht an irgendjemand anderen denken, schließlich war ich immer noch überwältigt von unserer wunderbaren gemeinsamen Nacht. „Ich stehe nicht auf Clubs. Der einzige Grund, warum ich mich beim Dungeon of Decorum registriert habe, war das Sicherheitsnetz, das es dort gab. Missbräuchliches Verhalten wurde nicht toleriert und ich hatte eine Nummer, die ich anrufen konnte, wenn etwas passiert wäre."

„Ja, ich weiß, dass dieser Bastard dich damals verletzt hat. Weißt du, ob er immer noch im Gefängnis ist?", fragte sie mit Sorge in ihrer Stimme.

Ich wusste nichts über den Mann, der dauerhafte Narben auf meinem Körper, meinem Geist und meinem Herzen hinterlassen hatte. „Ich weiß nichts über ihn. Es ist vier Jahre her, dass ich Flagstaff verlassen habe. Soweit ich weiß, hat er keine Ahnung, wo ich hingezogen bin. Lyle Strickland ist ein Mann, an den ich nicht zu denken versuche." Ich hielt einen Moment inne und dachte über die Beziehung nach, die ich zwei Jahre nach der Trennung von Lyle und dem Umzug nach Portland gehabt hatte. „Ich weiß, dass er der Hauptgrund dafür war, dass es auch mit Jimmy nicht geklappt hat. Ich habe ihm die ganzen sechs Monate, die wir zusammen waren, nie vertraut."

„Ich weiß, wie schwer es ist, dieses Vertrauen wiederzufinden. Ich habe in der Vergangenheit selbst gelitten. Nicht, dass ich näher darauf eingehen möchte. Das ist vorbei. Nun, ich gehe jetzt besser. Ich kann die Kinder schon hören. Ich liebe dich, Katana."

„Ich dich auch, Blyss. Ich rufe dich bald wieder an. Viel Spaß. Bye." Ich beendete den Anruf, lehnte meinen Kopf zurück und dachte über meine Vergangenheit nach.

Als Lyle kurz nach meinem 19. Geburtstag Interesse an mir zeigte, hatte ich gedacht, ich hätte den Jackpot geknackt. Er war schon 25 und so dominant. Ich nehme an, ich mochte das, weil sich noch nie jemand so sehr um mich gekümmert hatte. Ich interpretierte es als ein Zeichen, dass er mich wirklich liebte.

Es stellte sich heraus, dass er es in Wahrheit liebte, jede meiner Bewegungen zu kontrollieren und mich zu verprügeln. Meine Blutergüsse und gebrochenen Knochen heilten, aber mein Herz und meine Seele waren immer noch verwundet.

Selbst wenn Nixon Slaughter mich daten wollte, wäre ich nicht in der Verfassung, die richtige Frau für ihn zu sein. Die Momente, in denen ich manchmal immer noch ein emotionales Wrack war, bewiesen, dass ich nicht bereit für eine Beziehung war.

Der arme Jimmy hatte es nicht leicht gehabt, als er mit mir zusammen war. Da ein paar Jahre seit der Horrorshow mit Lyle vergangen waren, hatte ich gedacht, dass ich über alles hinweg wäre. Jimmy war alles andere als dominant. Der arme Kerl war ein Schwächling. Ich nehme an, deshalb hat es so schnell zwischen uns geendet. Ich habe ihn angestachelt, dominanter zu sein, aber das war nichts für ihn. Er konnte es einfach nicht.

Ich wusste, dass ich ein hartes Leben gehabt hatte. Ich wusste, dass ich dadurch psychische Probleme hatte. War es so falsch von mir, einen Mann zu brauchen, der die Kontrolle übernahm und mich behandelte, als würde ich ihm gehören?

Moderne Frauen schienen nicht das zu wollen, was ich wollte. Jedenfalls nicht die meisten. Ich wollte eine feste Hand spüren. Ich wollte grobe Berührungen. Ich sehnte mich danach. Und ich dachte, ich hätte all das bei Lyle gefunden. Aber was ich stattdessen fand, war die Erkenntnis, dass man nicht jedem dominanten Mann vertrauen konnte.

Und dass ich nicht glücklich mit einem Mann sein konnte, der nicht wenigstens ein wenig dominant war.

Ich fühlte mich in einem furchtbaren Dilemma gefangen. Das, was ich am meisten wollte, hatte mich in der Vergangenheit tief verletzt und ließ mich vor Beziehungen zurückschrecken. Und ich hatte keine Ahnung, was ich tun sollte, um das zu ändern. Allein zu sein war auch nicht die Antwort.

Ich richtete mich auf, begab mich zurück zu meinem Schreibtisch und ging auf dem Computer Bilder von heißen, muskulösen Männern durch, damit ich eines davon für das nächste Buchcover auswählen konnte, an dem ich arbeitete.

Keiner von ihnen konnte es mit Nixon aufnehmen. Seine harten Bauchmuskeln, seine breite Brust, sein massiger Bizeps – niemand war so gut wie er.

Wie zur Hölle sollte ich ihn jemals aus dem Kopf bekommen?

Würde die Zeit mich irgendwann von der Erinnerung an ihn befreien? Würde ich das überhaupt wollen?

Ich hatte eine perfekte Nacht gehabt. Die beste Nacht meines ganzen Lebens. Warum sollte ich sie vergessen wollen?

Vielleicht weil mich die Erinnerung jetzt schon quälte. Vielleicht weil ich bereits wusste, dass kein anderer Mann jemals an Nixon Slaughter herankommen könnte.

Es war hoffnungslos.

7

NIXON

Das Herbstwetter machte die Fahrt zum Vergnügen. Noch nicht einmal die Stunde, die ich auf der Straße vom Flughafen in die Innenstadt von L.A. im Stau stand, machte mir etwas aus. Sie gab mir Zeit, über meine Nacht mit Katana nachzudenken.

Es war nicht lange her, dass ich sie verlassen hatte, aber ich musste zugeben, dass ich sie bereits vermisste. Sie hatte meine Nummer und ich wünschte mir, sie würde anrufen. Vielleicht würde sie mich bitten, zu ihr zu kommen und das Wochenende mit ihr zu verbringen. Aber sie meldete sich nicht.

Als der Verkehr wieder ins Rollen kam, machte ich mich auf den Weg zu meinem Bürogebäude. Champlain Services, das in den Century Plaza Towers am Century Park East gelegen war, war mein zweites Zuhause. Von unseren sechs Büros im obersten Stock aus hatten wir einen fantastischen Ausblick auf die Stadt.

Als ich in den Empfangsbereich kam, sah ich meinen Assistenten Blake telefonieren. Ich winkte ihm zu und ging in mein Büro. Er hielt mitten in seinem Gespräch inne. „Vergessen Sie nicht, dass Sie heute Morgen ein Skype-Meeting haben, Boss."

„Danke." Ich hatte das Meeting vergessen, aber ich hing meinem

Terminplan nicht hinterher, obwohl mir eine Stunde im Verkehr verlorengegangen war.

Als ich in mein Büro trat, schaltete ich den Computermonitor an der Wand ein und bereitete mich auf das Meeting mit meinen Partnern bei dem Nachtclub-Projekt vor. Ein Anruf aus dem Büro von Gannon Forester ging ein und ich drückte die Annahme-Taste. Auf dem Monitor blickte mich seine entzückende kleine Sekretärin im Konferenzraum seines Büros an. „Guten Morgen, Mr. Slaughter. Es freut mich, Sie zu sehen."

„Guten Morgen, Janine. Ist Gannon da?" Ich zog meinen bequemsten Stuhl unter dem Tisch hervor und machte mich für das Meeting bereit.

„Ja, Sir. Und ich werde Mr. Harlow sofort zuschalten. Einen Moment, bitte!", sagte sie mit einem Lächeln und schob dann die dick gerahmte Brille auf ihrer Nase etwas höher.

Nach einer Minute füllte August Harlows Gesicht den halben Bildschirm. „Hey, Alter", begrüßte ich ihn grinsend.

„Hey", erwiderte er gut gelaunt. „Wie geht es dir? Du warst gestern nicht in der Stadt. Wo warst du?"

„Oh, nicht so wichtig. Hast du mich vermisst?" Ich zwinkerte ihm zu.

„Natürlich. Halloween war nicht dasselbe ohne dich", scherzte er. „Aber im Ernst, du hast verdammt viel Spaß verpasst. Gannon und ich hatten eine gute Zeit mit ein paar Krankenschwestern. Zumindest waren sie als Krankenschwestern verkleidet. Sie waren zu dritt und wir nur zu zweit, so dass eine übrigblieb, bis ich entschied, dass ich zwei gleichzeitig übernehmen konnte."

„Was für ein Held du bist, August", sagte ich klatschend. „Stets darauf bedacht, den Bürgerinnen unseres schönen Landes zu helfen." August, der mit nur 30 Jahren die Marines verlassen hatte, hatte schon alle möglichen verrückten Dinge gesehen, über die er nicht gern sprach.

„Ich tue, was ich kann. Auch wenn ich jetzt nur noch in den USA aktiv bin, betrachte ich es als meine Pflicht, die Moral hier aufrechtzuerhalten." Er lachte wieder, dann füllte Gannons Gesicht die andere Seite meines Bildschirms.

Gannons Lächeln war so strahlend wie immer, als er uns begrüßte. „Morgen, Gentlemen. Und ich benutze diesen Begriff im weitesten Sinne."

August übernahm wie üblich die Führung. „Es ist an der Zeit, dass wir unsere Meinungsverschiedenheiten hinter uns lassen und uns auf einen Namen für den Nachtclub einigen."

Über diese eine Sache hatten wir uns schon viel zu lange gestritten. Heute würden wir Nägel mit Köpfen machen. Also brachte ich noch einmal meinen Vorschlag. „Ich bin nach wie vor für den Namen Club X."

Ich wusste, dass Gannon etwas dazu zu sagen haben würde. „Und ich habe dir schon mehrmals gesagt, dass dieser Name viel zu gewöhnlich ist."

August mischte sich ein. „Ja, Gannon, aber du selbst hast noch keinen einzigen Namen vorgeschlagen. Trotzdem hast du kein Problem damit, all unsere Ideen abzulehnen. Ich fordere dich heraus, dir spontan einen Namen auszudenken. Du hast eine Minute."

Gannon eine Minute Zeit zu geben, um irgendetwas zu tun, war ein gewagtes Unterfangen. Er war ein Denker, kein Typ, der schnell improvisieren konnte. „Was?" Er sah August und mich mit einem Ausdruck von Panik auf seinem Gesicht an. „Ich bin nicht so kreativ wie ihr."

Ich schaute auf meine Uhr und dann wieder auf Gannon. „Du verschwendest deine Zeit, Gannon."

August sah auch auf seine Uhr. „Die Zeit läuft. Noch 30 Sekunden, Gannon, oder wir bleiben bei Club X."

„Nein! Wartet, gebt mir noch eine Minute. Ich stehe furchtbar unter Druck." Gannon kniff sich in die Nasenwurzel und sah aus, als müsste er all seine Konzentration aufwenden, um einen Namen zu finden.

August war unerbittlich. „Nein, keine zusätzliche Zeit. Noch zehn, neun …"

Ich lehnte mich zurück und war ziemlich sicher, dass der Club den Namen bekommen würde, den ich mir ausgedacht hatte.

Gannons Augen öffneten sich weit und er sah aus, als wäre gerade eine Glühbirne in seinem Kopf angegangen. „Swank!"

Ich musste lächeln. Ich mochte den Namen sofort.

August nickte und grinste breit. „Swank. Das gefällt mir."

Ich lachte. „Mir auch. Dann also Swank." Ich sah August an. „Das war ein produktives Meeting, August. Zeit, zu unseren echten Jobs zurückzukehren. Wir sprechen uns später in der Woche. Okay, ich bin raus." Ich schaltete den Monitor aus und stand auf, um mit meiner eigentlichen Arbeit anzufangen.

Es gab ein paar Dinge, die ich an diesem Tag erledigen musste, und eines davon war, mit meiner besten Freundin Shanna zu Mittag zu essen. Nichts Geschäftliches, aber dennoch ein wichtiger Termin, denn seit einer Woche hatten wir nicht mehr miteinander gesprochen.

Shanna und ich hatten uns im Kindergarten der winzigen Stadt Pettus in Südtexas kennengelernt. Sie und ich gingen später jeden Tag zusammen zur Schule, da ihre Familie nur ein paar Häuser von mir entfernt wohnte. Unsere Beziehung war immer ein Bruder-Schwester-Ding gewesen, ohne jede Romantik.

Als ich nach Kalifornien gezogen war, um an der Berkeley Universität zu studieren, war sie zu Hause geblieben und zum Community College gegangen, weil es das Einzige war, was sie und ihre Eltern sich leisten konnten. Shanna hatte einen Associate-Abschluss gemacht, war aber nie darüber hinausgekommen. Stattdessen ließ sie sich von ihrer Großmutter das Nähen beibringen – und wurde ziemlich gut darin. Sie bat mich, sie in L.A. bei mir wohnen zu lassen, und kurz nach ihrer Ankunft hatte sie ein Vorstellungsgespräch bei den Paramount Studios und bekam einen Job als Kostümbildnerin.

Ihr Aufenthalt bei mir war von kurzer Dauer, da sie innerhalb eines Monats genug Geld sparen konnte, um in eine eigene Wohnung zu ziehen. Aber sie und ich hatten einen Pakt geschlossen, dass wir immer Zeit füreinander haben würden. Sie war die einzige Familie, die ich hier in L.A. hatte, und ihr ging es ebenso, auch wenn wir nicht wirklich verwandt miteinander waren. Wann auch immer ich mit Shanna ein Mittag- oder Abendessen in meinem Terminplan hatte, stellte ich sicher, dass ich es nicht verpasste.

Als es Mittag wurde, traf ich sie im Providence, einem Meeresfrüchte-Restaurant. Sie erwartete mich an der Tür, und ich umarmte sie. „Da bist du ja."

„Ich habe es geschafft. Heute war ein höllischer Tag." Ich nahm ihre Hand und führte sie hinein.

In kürzester Zeit saßen wir an einem Tisch für zwei und uns wurden als Vorspeise Austern mit Weißwein serviert. Sie lehnte sich auf ihrem Stuhl zurück, als sie eine der Austern aß und sah mich dann an. „Du bist einfach verschwunden. Ich dachte, du und ich wollten letzte Nacht zusammen um die Häuser ziehen, genau wie früher. Ich hätte mich als Hexe verkleidet, und du hättest dir ein Laken über den Kopf werfen und ein paar Löcher für deine Augen hineinschneiden können."

„Ich habe mich tatsächlich verkleidet. Ich trug eine Maske." Ich nippte an meinem Wein und aß dann eine Auster, während sie mich mit zusammengekniffenen Augen ansah.

„Eine Maske, hm?" Sie starrte mich weiter an. „Zweifellos in Portland."

Shanna war eine der wenigen, die wussten, dass ich mich mit der dunkleren Seite von Sex beschäftigte. Und sie hasste es. Also war ich immer ein bisschen zögerlich, ihr gegenüber zuzugeben, dass ich dorthin gegangen war. „Ähm, vielleicht." Ich trank noch einen Schluck Wein.

„Und du bist mit irgendeiner Sub im Bett gelandet?", fragte sie, hob aber schnell ihre Hand, um mich davon abzuhalten zu antworten. „Nein, ich werde dich nicht dazu bringen, deswegen zu lügen. Ich weiß, dass du eine kleine Schlampe aufgegabelt und sie gnadenlos gefickt hast, während du ihr den Hintern versohlt ..."

„Shanna, hör auf", zischte ich sie an, während ich zwischen den anderen Gästen des feinen Restaurants hin und her blickte. Die Gespräche um uns herum waren verstummt und alle Augen ruhten auf uns.

Shanna sah sich um, bevor sie ihre Stimme senkte, als sie sich über unseren kleinen Tisch beugte. „Aber du hast ein Mädchen gefunden. Du kannst mich nicht anlügen, Nixon Slaughter. Ich kenne dich schon verdammt lange."

„Okay, ich habe jemanden gefunden, und wir hatten Spaß. Aber meine Reisen nach Portland gehören der Vergangenheit an." Ich aß eine weitere Auster, während sie darüber nachdachte, was ich gesagt hatte.

„Gut. Aber was ist passiert, um dich dazu zu bringen, dich nicht mehr dorthin zu begeben?" Sie musterte mich.

„Der Club, dem ich angehörte, wurde zerstört", sagte ich und zuckte mit den Schultern. „Also kann ich jetzt nirgendwo hingehen, um meine Erlösung zu bekommen."

„Gut", verkündete sie, als sie ihr Glas hob und es festhielt, als wollte sie mit mir anstoßen. „Der sündige Ort ist Vergangenheit. Jetzt kannst du mit diesem Lebenswandel aufhören und die richtige Frau für dich finden."

„Ich suche nicht", sagte ich, als unsere Hauptspeisen – Königslachs für sie und Zinnoberfisch für mich – auf einem großen, runden Tablett von unserem Kellner gebracht wurden.

„Du wirst nicht jünger, Nixon. Bald bist du 29", erinnerte sie mich.

Also erinnerte ich sie an das Gleiche. „Du auch nicht, Shanna. Und du bist nur drei Monate jünger als ich."

Der Kellner verließ uns und sie lächelte mich an. „Vielleicht ist es an der Zeit, dass wir beide nach Leuten suchen, mit denen wir eine feste Beziehung haben können. Vielleicht hörst du dann auf, dich nach Subs zu sehnen."

Ich blickte auf mein köstliches Essen hinunter, aber alles, was ich sah, war Katanas Gesicht. Ich dachte nicht, dass ich jemals aufhören würde, mich nach dieser speziellen Sub zu sehnen.

8

KATANA

Die Wochen nach der besten Nacht meines Lebens vergingen schnell, und schon bald war Thanksgiving nur noch eine Woche entfernt. Viele Leute freuten sich auf Thanksgiving und die Feierlichkeiten mit ihren Familien, ich aber nicht. Ich hatte seit meinem 18. Lebensjahr kein echtes Erntedankfest gehabt. Ich hatte danach meine Pflegefamilie verlassen müssen und kein Jahr später war das Ehepaar, das sich um mich gekümmert hatte, verstorben.

Die Feiertage deprimierten mich immer. Aber dieses Mal ging es mir noch schlechter als sonst. Es fiel mir schwer, morgens aufzustehen, und ich schaffte es nicht, den Tag zu überstehen, ohne ein Nickerchen zu machen – was ich sonst nie gemacht hatte.

Ich war ganz durcheinander. Und meine Gedanken wanderten zu oft zu Nixon und jener Nacht. Es war, als würde er mich verfolgen, und ich hatte keine Ahnung, wie ich es verhindern konnte.

Eines Abends, als ich nach einem dreistündigen Nickerchen, das um sieben Uhr abends begonnen hatte, aufwachte, schaltete ich den Fernseher ein, da ich wusste, dass ich auf keinen Fall bald wieder einschlafen würde.

Nachdem ich durch die Kanäle geklickt hatte, fand ich einen

Liebesfilm und seufzte, als ich mich auf dem Sofa zurücklehnte, um ihn mir anzusehen. Es war alles gut und schön, bis eine erotische Szene kam und ich eine Welle der Erregung in meinen tieferen Regionen spürte. Und wessen schönes Gesicht musste mir schon wieder in den Sinn kommen? Richtig, das von Nix.

Ein Stöhnen entkam mir, als ich die Augen schloss und wieder spürte, wie sich seine Hände über meinen Körper bewegten. Ich streckte mich und wölbte meinen Rücken, als ich vorgab, sein Mund sei wieder auf meiner Haut.

Meine Hand bewegte sich wie von selbst zu den weichen Haaren, die mein Zentrum bedeckten. Ich ließ nur im oberen Bereich Haare stehen und hielt den Rest sauber rasiert. Schließlich wollte ich nicht wie ein kleines Mädchen aussehen, aber auch keinen Urwald dort unten haben.

Ich tauchte meinen Finger in meine Nässe und tippte auf meine Klitoris. In meinen Gedanken hatte Nix' Mund meinen gefunden und er schenkte mir einen sanften Kuss. Unsere warmen Atemzüge mischten sich, als er seinen Mund von meinem löste und in meine Augen sah. „Gute kleine Sklavin. Jetzt wird dein Meister dein Verlangen nach ihm befriedigen."

„Ja", stöhnte ich. „Ich gehöre dir, Meister. Nur dir."

Ich stellte mir vor, wie er meine Brüste in den Mund nahm und sanft daran saugte. Er neckte mich, indem er nicht fester daran saugte, obwohl ich mich danach sehnte. Leichtes Lecken und sanftes Ziehen war alles, was er tat. Ich wollte unbedingt mehr.

Ich drückte meine Hand unter mein T-Shirt, zog mit meinem Finger einen Kreis um meine Brustwarze und tat so, als wäre es seine Zunge. „Oh, Meister, es fühlt sich so gut an."

Ich konnte seine tiefe Stimme in meinem Kopf hören. „Ich fühle mich gut bei dir, Sklavin. Oh, meine kleine sexy Sklavin."

In meinen Fantasien gehörte ich ihm. Ich hatte keine Lust, mit anderen zusammen zu sein. Und dieser Gedanke machte mich unerklärlich traurig. Ich wusste, worauf ich mich eingelassen hatte. Mir waren die Regeln der Mitgliedschaft in dem BDSM-Club mitgeteilt worden. Im Grunde war ich nichts anderes als ein Körper, den ein reicher Mann eine Weile benutzen konnte.

Ich hörte auf damit, mich zu berühren, und setzte mich auf. Noch während ich ins Badezimmer eilte, befürchtete ich, ich würde mich auf den hellbraunen Teppich erbrechen, und ich dachte darüber nach, was ich zuletzt gegessen hatte. An diesem Morgen hatte ich zwei Bissen Bagel mit Frischkäse gehabt. Mein Magen hatte sofort angefangen zu rumoren und ich hatte den Rest des Tages keinen Appetit mehr gehabt.

Als ich ins Badezimmer kam, stieg ich auf die Waage. Ich hatte in der letzten Woche fünf Pfund verloren.

Ich hatte kaum gegessen und die ganze Zeit geschlafen. War ich krank?

Nachdem die Übelkeit etwas nachgelassen hatte, verließ ich das Badezimmer, um an meinem Laptop die Symptome von Mononukleose zu recherchieren. Müdigkeit war an der Spitze, aber alles, was darauf folgte – hohes Fieber, Gliederschmerzen, Kopfschmerzen, Muskelschwäche, Halsschmerzen, geschwollene Drüsen im Nacken und den Achselhöhlen, Ausschlag – hatte ich nicht.

Nun, zumindest war es nicht das. Zumindest war es nichts, was ich mir in meiner schönen Nacht mit Nix zugezogen hatte. Ich hätte nicht gewollt, dass die Erinnerung an jene Nacht durch irgendetwas Negatives getrübt wurde.

Und ich hätte es wirklich gehasst, Nixon anrufen zu müssen, um ihn wissen zu lassen, dass er sich wegen unserer gemeinsamen Nacht auf einen Virus untersuchen lassen sollte. Das wäre sehr peinlich gewesen.

Ich schaltete den Fernseher aus und ging in mein Schlafzimmer, um den Film dort zu Ende zu sehen. Auf dem Weg dorthin holte ich mir eine Flasche Wasser und eine Packung Salzstangen aus der Küche, um sie im Bett zu essen. Nichts, was man mit einem Partner tun konnte. Ich hatte wohl Glück.

Ich konnte im Bett essen, zu seltsamen Uhrzeiten schlafen und dann arbeiten, wenn mir danach war. Vielen erging es viel schlechter als mir. Ich fragte mich, ob Depressionen meine Probleme verursacht hatten. Ich wusste, dass viele Leute an den Feiertagen niederge-schlagen waren – vielleicht wurde ich auch so. Der Himmel wusste, dass es nichts gab, worüber ich mich freuen konnte.

In der Tat hatte mich eine meiner Kundinnen gefragt, warum ich ihr den 25. Dezember als Lieferdatum für ihr Cover genannt hatte. Ich hatte ihr gesagt, dass es ein ganz normaler Tag für mich sei. Sie hatte mir geantwortet, dass das traurig sei, und wahrscheinlich hatte sie recht damit.

Ohne Familie bedeuteten mir Feiertage wie Thanksgiving, Weih-nachten und sogar Silvester wenig. Zur Hölle, selbst Halloween war kaum auf meinem Radar – ich hatte mich nicht mehr verkleidet, seit ich als Kind ins Waisenhaus gekommen war. Meine Mutter war nie an Halloween mit mir nach draußen gegangen. Ich konnte mich auch nicht daran erinnern, jemals einen Weihnachtsbaum oder etwas anderes Besonderes gehabt zu haben, als ich bei ihr lebte. Mein Geburtstag war gekommen und gegangen, ohne dass ich es über-haupt bemerkte, bis ich ins Waisenhaus gekommen war.

Mein Herz fühlte sich schwer an, als ich in meinem Bett lag. Der Fernseher war aus. Ich wollte keinen romantischen Mist mehr sehen. Ich war anscheinend tatsächlich deprimiert. Wer zum Teufel wäre das nicht bei meiner Vergangenheit?

Obwohl meine Nacht mit Nixon Slaughter ein Licht in mir entzündet hatte, gab es niemanden, der diese Flamme am Leben halten konnte. In dem Moment, als wir uns trennten, begann sie zu verlöschen.

Ich war verdammt dumm gewesen, in diesen Club zu gehen. Bis zu jener Nacht war ich zufrieden mit meinem Leben gewesen. Ja, ich arbeitete manchmal zu hart. Ja, manchmal trank ich ganz allein eine Flasche Wein, während ich im Bett saß und gruselige Filme anschaute, bis ich mich schließlich in meinem Zimmer umsah und paranoid davon wurde, was sich an mich heranschleichen könnte, um mich zu holen. Aber ich war zufrieden mit meinem Leben.

Richtig?

Ich stöhnte, als ich ins Bett ging, die Decke an mein Kinn zog und meine Augen schloss. Sie brannten und ich fühlte mich dehydriert.

Ich setzte mich auf, trank etwas Wasser und betete, dass es mir bald wieder bessergehen würde. Ich würde Nixon aus dem Kopf bekommen – ich weigerte mich, diese Erinnerung mit mir herumzutragen. Ich würde sie mit allem, was ich hatte, beiseiteschieben, wenn sie mich weiter verfolgte.

Nie mehr Nixon Slaughter!

Obwohl ich an diesem Tag insgesamt zehn Stunden geschlafen hatte, war ich immer noch müde. Als ich dabei war, wieder einzunicken, dachte ich über einen Vorschlag einer meiner Kundinnen nach.

Baily Sever bestellte regelmäßig Buchcover bei mir. Sie schrieb unter einem Pseudonym Liebesromane für junge Erwachsene und war auf BDSM spezialisiert. Als ich ihr von meiner kleinen Begegnung mit dieser Welt erzählt hatte, hatte sie mich gebeten, mich interviewen zu dürfen. Sie wollte mich für meine Zeit bezahlen und mir sogar einen Teil der Tantiemen geben.

Ich hatte ihr Angebot noch nicht angenommen, aber als ich dalag und darüber nachdachte, was ich getan hatte, entschloss ich mich dazu, es zu tun.

Ich stieg aus dem Bett und ging zu meinem Schreibtisch im Wohnzimmer. Von meinem Laptop schickte ich ihr eine E-Mail, in der ich ihr meine Zusage gab. Sie sollte mich anrufen, sobald sie das Interview machen wollte. Verdammt, ich würde das Buchcover sogar kostenlos designen, da sie gesagt hatte, dass sie mich als Co-Autorin nennen wollte.

Bei der Aussicht auf diese neue Arbeit wurde ich ganz aufgeregt und ging in die Küche, um mir Rührei mit Speck zu machen. Verrückt, wie ein neues Projekt einen wieder auf Touren bringen konnte.

Ich musste diese Nacht hinter mir lassen. So spektakulär sie auch gewesen war, sie war vorbei. Ich musste das in meinen Kopf bekommen. Ich würde nie wieder so eine Nacht erleben. Niemals.

9

NIXON

Der Monat nach Halloween verging schleppend und gleichzeitig wie im Flug. Es war der Tag vor Thanksgiving, und Shanna und ich waren in meinem Privatjet und flogen nach Texas, um den Feiertag bei unseren Familien zu verbringen.

Wie jeden Tag war ich in Gedanken bei Katana und fragte mich, was sie an Thanksgiving tun würde. Shanna saß auf der anderen Seite des schmalen Mittelgangs und feilte sich die Fingernägel, während wir durch den Himmel rasten. „Warum bist du so abwesend, Nixon?"

Ich hatte meinen Kopf mit geschlossenen Augen an die Nackenstütze gelehnt und mich an Katana in unserem Hotelzimmer erinnert. Ich drehte meinen Kopf, um Shanna anzusehen. „Ich frage mich nur, was Katana morgen macht. Und ich wünschte, ich hätte ihre Nummer oder zumindest ihre Adresse, damit ich ihr Blumen schicken könnte."

Eine blonde Augenbraue wölbte sich, als sie mich mit einem ungläubigen Gesichtsausdruck ansah. „Warum? Warum denkst du immer noch an diese kleine, hirnlose Idiotin?"

Ich setzte mich auf und war wütend über das, was sie gesagt hatte. „Hey, kein Grund, sie zu beschimpfen, Shanna. Muss ich dich daran erinnern, dass du sie nicht einmal kennst? Was fällt dir ein, sie so zu nennen?"

„Ich weiß alles, was ich über das Mädchen wissen muss. Sie steht auf diese kranke Scheiße, also muss sie hirnlos sein. Ich kann verstehen, dass ein Mann diesen Lebensstil pflegt. Natürlich, wer würde es nicht wenigstens ein bisschen genießen, über jemanden zu herrschen? Aber wenn sich jemand beherrschen lässt – nun, dann muss er völlig bescheuert sein." Sie legte die Nagelfeile weg und blätterte eine Zeitschrift durch. „Schlage sie dir aus dem Kopf, Nixon."

Ich schloss wieder die Augen und versuchte, nicht an Katana zu denken – ohne Erfolg. Shanna irrte sich. Sie war nicht hirnlos. Sicher, ich kannte sie nicht gut – oder überhaupt nicht – aber ich wusste, dass sie nicht dumm war.

„Weißt du, wer bestimmt auch in der Stadt sein wird, Nixon?", fragte Shanna herausfordernd.

„Nein", sagte ich, ohne auch nur die Augen zu öffnen.

„Bianca."

Mein Schwanz zuckte. Bianca war ein paar Jahre älter als ich und hatte mich oft verspottet, als wir Kinder waren. Als wir dann in der High-School waren, hatte ich sie dabei erwischt, wie sie mir Seitenblicke zuwarf und bewunderte, wie sehr ich gewachsen war.

Ich war immer in sie verknallt gewesen – sie war das heißeste Mädchen der Schule. Lange Beine, gebräunte Haut, dunkle Haare, die bis zur Taille reichten. Und dann wurde es mir klar – Katana und Bianca hatten viele Gemeinsamkeiten. Vielleicht hatte ich mich deshalb sofort von Katana angezogen gefühlt.

Ich setzte mich auf und schaute Shanna an. „Glaubst du wirklich, dass sie ihre Eltern besucht?" Ich musste zugeben, dass ich ein wenig aufgeregt war, sie wiederzusehen.

„Warum sollte sie nicht da sein?", fragte Shanna. „Jeder kommt an den Feiertagen nach Hause."

Ich nickte und legte meinen Kopf wieder zurück. Ich versuchte, mir Bianca vorzustellen. Es war zwei Jahre her, dass ich sie zuletzt gesehen hatte. Das war an Weihnachten gewesen. Sie war damals mit einem Typen zusammen gewesen, aber sie warf mir ein sexy Lächeln zu, das mir sagte, dass sie gern Zeit mit mir verbracht hätte, wenn sie allein gewesen wäre. Es war ein Lächeln, das sie mir noch nie zuvor geschenkt hatte.

Aber so sehr ich auch versuchte, mir Biancas Gesicht in Erinnerung zu rufen – ich konnte es nicht. Das einzige Gesicht, das ich sah, war das von Katana, und es war wunderschön. So schön, dass mein Herz schmerzte.

Ich hätte nach ihrer verdammten Telefonnummer fragen sollen!

Als der Jet am San Antonio International Airport landete, nahmen wir einen Mietwagen und fuhren nach Pettus. Wir brauchten etwas mehr als eine Stunde, um nach Hause zu kommen, und als wir dort ankamen, wurden wir von unseren Familien mit offenen Armen empfangen.

Wie immer an den Feiertagen trafen sich alle im einzigen Café der Stadt, im Dairy Queen. Shanna und ich saßen in einer Nische und unterhielten uns mit zwei Jungs, mit denen ich in der High-School Football gespielt hatte. Sie hatten die winzige Stadt nie verlassen und arbeiteten beide als Wärter im nahegelegenen Gefängnis.

Ich hatte nicht einmal bemerkt, dass jemand in den Raum gekommen war, als sich eine Hand über meine Schulter bewegte. Ich blickte zurück und vor mir stand Bianca. „Hey!"

„Hey", schnurrte sie. Sie trug eine kastanienbraune Jacke, ihr dunkles Haar war zu einem langen Pferdeschwanz zusammengebunden und sie sah genauso aus wie in der High-School. „Wann bist du hier angekommen und wie lange bleibst du, Nixon?"

„Ich bin heute angekommen und bleibe bis übermorgen", antwortete ich, als sie sich neben mich stellte.

Die Unterhaltung an unserem Tisch hörte auf, als sie mit dem Finger über meine Wange strich. „Ich mag deinen Bart. Er lässt dich elegant aussehen."

Ich grinste. „Ich hatte gehofft, dass ich damit gefährlich wirke, aber danke."

Ihre dunkelbraunen Augen blickten auf den Parkplatz. „Ich habe darüber nachgedacht, auf ein oder zwei Bier ins Charlie's zu gehen. Kommst du mit?"

Ich saß vollkommen still da und war unsicher, ob ich sie wirklich begleiten sollte. Es war ziemlich leicht zu sehen, dass sie mich wollte. Nach all den Jahren war das eine angenehme Überraschung.

Shanna stieß mir den Ellbogen in die Rippen, als sie flüsterte: „Bist du verrückt? Sag schon Ja. Ich kann zu Fuß nach Hause gehen."

Soviel zu meiner einzigen Ausrede, Bianca nicht zu der Bar zu begleiten.

Die Jungs sahen mich an, als wäre ich wahnsinnig, nicht sofort einzuwilligen, mit einer der heißesten Frauen unserer kleinen Stadt auszugehen. Aber ich zögerte. Und es gab nur einen Grund, warum ich das tat.

Katana.

Bevor ich ein Wort sagen konnte, ertönte die Klingel an der Tür, und dieses Mal bemerkte ich es. Als ich nachsah, wer es war, kam ein großer, muskulöser Typ auf uns zu. „Scheiße", zischte Bianca. Sie ging zu ihm. „Da bist du ja. Ich habe dich gesucht."

Er warf mir einen Blick zu, bevor er sie ansah. „Komm schon."

Sie sah mich an und zuckte mit den Schultern. „Wir sehen uns."

Ich hatte meine Chance bei ihr verpasst und wusste es. Ich konnte nicht sagen, dass es mich wirklich interessierte, aber Shanna schien aufgebracht zu sein. Sie wartete, bis Bianca und ihr Typ nach draußen gingen, bevor sie mich anfauchte. „Bist du verrückt geworden, Nixon? Du warst in der High-School besessen von ihr. Du hast gesagt, wenn sie dir eine Chance geben würde, würdest du sie ergreifen. Nun, sie hat dir viel mehr als eine Chance gegeben. Sie hat sich regelrecht auf dich gestürzt."

Mit einem Kopfschütteln sagte ich: „Hast du nicht bemerkt, dass sie einen Mann hat, Shanna? Verdammt. Ich werde mich nicht mit irgendeinem Redneck wegen einer Frau prügeln."

Aber auch bevor der Kerl hereingekommen war, hatte ich mich nicht dazu überwinden können, Biancas Einladung anzunehmen. Katana war wieder in meinen Gedanken. Ich musste etwas tun, um über das Mädchen, das offensichtlich nichts mehr mit mir zu tun haben wollte, hinwegzukommen. Sie hatte meine Nummer, aber sie rief nie an.

Tatsache war, dass Katana ein Dokument unterschrieben hatte, das ihr untersagte, einen der Männer zu kontaktieren, denen sie im Club begegnete. Aber an Halloween war der Dungeon of Decorum vernichtet worden. Nichts konnte sie davon abhalten, mich anzurufen, wenn sie es wollte. Sie würde keine Probleme bekommen oder vom Club bestraft werden.

Warum also rief sie nicht an?

Die Antwort war einfach. Sie wollte es nicht.

Vielleicht war ich zu grob gewesen. Vielleicht war ich zu weit gegangen. Oder vielleicht war ich nicht weit genug gegangen und nicht grob genug gewesen. Wer wusste schon, was der Grund war.

Warum kümmerte es mich überhaupt? Ich stellte mir diese Frage immer wieder.

Es gab keinen Grund für mich, darüber nachzugrübeln, warum sie nicht angerufen hatte.

Während ich dasaß und an meinem Schokoladenshake nippte, kam mir ein Gedanke, den ich noch nie zuvor gehabt hatte. Was, wenn sie meine Visitenkarte verloren hatte?

Wenn ich nach Portland zurückkehrte, konnte ich vielleicht ihr Apartmentgebäude wiederfinden. Ich hatte keine Ahnung, was ihre Adresse war, aber ich würde an jede Tür klopfen, bis ich sie fand.

Plötzlich hatte ich einen Plan, einen wirklichen Plan, sie zu finden.

Ich stand auf und Shanna sah mich überrascht an. „Wohin gehst du, Nixon?"

„Zu Mom und Dad. Ich weiß, dass es bei ihnen laut und chaotisch ist mit all den Nichten und Neffen, aber ich muss sie besuchen. Soll ich dich zum Haus deiner Eltern mitnehmen?"

Sie stand auf, um mit mir zu kommen. Nachdem ich meinen alten Freunden die Hand geschüttelt und ihnen alles Gute gewünscht hatte, gingen wir und ich brachte Shanna nach Hause. Ich konnte nicht anders, als aufgeregt zu sein, was ich tun würde, sobald wir wieder in L.A. waren, und mein Plan wurde im Lauf des Abends immer detaillierter.

Thanksgiving

Am nächsten Nachmittag saßen Dad und ich im Garten und sahen zu, wie die Kinder spielten. Er öffnete die Kühltruhe, die ich ihm an diesem Morgen gekauft hatte. Er hatte sie mit Bier gefüllt und nahm zwei Flaschen heraus, um mir eine zuzuwerfen.

Ich löste den Deckel und nahm einen Schluck. Das kalte Gebräu fühlte sich gut in meinem ausgetrockneten Hals an. Obwohl es Ende November war, waren es knapp 30 Grad – ziemlich heiß für Thanksgiving. Ich hatte die Hitze von Südtexas nicht ein bisschen vermisst.

„Also, wie läuft es an der Westküste, mein Sohn?", fragte Dad und trank einen Schluck von seinem Bier.

„Großartig." Ich stellte die Bierflasche zwischen meine Beine, um sie ruhig zu halten, als ein Football in meine Richtung flog. Ich fing ihn auf und warf ihn meinem ältesten Neffen zu.

„Gibt es irgendwo da draußen ein Mädchen, das dir gefällt?", fragte Dad.

„Ja", sagte ich. „Aber sie lässt mich nicht an sich heran."

„Und daran bist du nicht gewöhnt, hm?" Er zwinkerte mir zu.

„Ganz und gar nicht. Aber ich habe jetzt einen Plan." Ich lächelte und trank noch etwas.

Morgen würde ich mit der Umsetzung dieses Plans beginnen und bald würde ich die sexy Verführerin genau da haben, wo ich sie haben wollte.

10

KATANA

Thanksgiving

Ich hatte mich noch nie schlechter gefühlt als zu Thanksgiving, während ich darauf wartete, dass meine Putenpastete im Ofen fertig wurde. Normalerweise hätte ich sie einfach in die Mikrowelle gestellt, aber es war ein Festtag, der mit Truthahn gefeiert wurde, also stellte ich die Auflaufform traditionell in den Ofen.

Ein beißender Geschmack füllte meinen Mund seit über einer Stunde, also ging ich mir noch einmal die Zähne putzen. Während ich auf der Toilette war, bemerkte ich die ungeöffnete Schachtel Antibabypillen neben dem Waschbecken. Ich hatte seit Wochen keine mehr genommen, da mein Magen immer wieder verrücktspielte. Aber etwas zwang mich, die Schachtel zu nehmen und sie mir genauer anzusehen.

Als ich sie öffnete, begann ich zu zählen, wie viele Pillen ich herausgenommen hatte. Ich wusste, dass ich 14 Pillen nicht eingenommen hatte. Sie waren alle noch da. Drei fehlten, aber vor diesen drei hatte ich sieben Stück nicht genommen.

Mein Herz setzte einen Schlag aus. Ich hatte vergessen, während jener verrückten Woche die Pille zu nehmen. Die Woche, bevor ich mit Nix zusammen war.

Ich fiel auf meine Knie, die plötzlich schwach geworden waren, und schaute auf. „Lieber Gott, bitte lass es nicht das sein, was ich befürchte."

Zitternd stand ich auf und ging in mein Schlafzimmer, um meine Handtasche und meine Autoschlüssel zu holen. Der Geruch der Truthahnpastete ließ mich den Ofen ausschalten, bevor ich losfuhr.

In der Innenstadt stellte ich fest, dass die meisten Läden wegen des Feiertags geschlossen waren, aber ich schaffte es, eine Drogerie zu entdecken und dort einen Schwangerschaftstest zu finden.

Als ich ihn zur Kasse brachte, scannte die Angestellte ihn ein und sagte dann fragend: „Herzlichen Glückwunsch?"

Mein Kopfschütteln ließ sie verstummen. Ganz und gar nicht. Ich konnte nicht sprechen – ich dachte, ich würde in Tränen ausbrechen, wenn ich es versuchte. Also nahm ich schnell meinen Einkauf und ging nach Hause.

In der Schachtel waren zwei Stäbchen, und ich nahm eines und ging ins Badezimmer. Sobald ich auf der Toilette saß, stellte ich fest, dass es sinnlos war.

Ich kehrte in die Küche zurück, um viel Wasser zu trinken. Mein Magen fühlte sich an, als ob er voll davon war, trotzdem konnte ich immer noch nicht pinkeln. Ich schätze, meine Nervosität hatte meinen Körper zum Stillstand gebracht.

Ich suchte in meiner Handtasche nach der Visitenkarte, die Nixon mir gegeben hatte und schaute sie lange an. „Es tut mir so leid, Nix. Ich habe das nicht absichtlich gemacht."

Wenn ich schwanger bin, soll ich ihm davon erzählen?

Musste er es wissen? Er hatte mich nach Verhütung gefragt, bevor wir miteinander ins Bett gingen, und ich hatte ihm gesagt, dass ich mich darum gekümmert hätte. Ich hatte nicht vorgehabt, ihn deswegen anzulügen – ich dachte, ich hätte die Wahrheit gesagt.

Diese verdammt hektische Woche war dafür verantwortlich!

Ich saß am Küchentisch und hielt meinen Kopf in den Händen,

während ich auf die Visitenkarte auf dem Tisch starrte. Sein Name starrte zurück. Nixon Slaughter, der Name des Vaters meines Babys.

Ich schüttelte den Kopf – ich musste aufhören, so zu denken. Ich konnte ihn dafür nicht zur Verantwortung ziehen. Das konnte ich dem Mann nicht antun. Das hatte er nicht verdient.

Was hatte er verdient?

Hatte er es verdient zu wissen, falls er Vater wurde? Hatte er das Recht verdient, selbst zu entscheiden, welche Rolle er im Leben seines Kindes spielen wollte?

Ich kannte die Antwort auf diese Fragen. Ich war nicht ohne Moral. Ich hatte meinen Vater nie gekannt. Meine Mutter hatte oft gesagt, sie hätte keine Ahnung, wer es war. Ein Bastard zu sein war nichts, was ich für meinen Sohn oder meine Tochter wollte.

Aber ich dachte zu weit in die Zukunft. Ich musste den Test machen, bevor ich total ausrastete – obwohl ich mir ziemlich sicher war, dass ich bereits wusste, was das Ergebnis sein würde.

Ich würde Nix informieren, wenn der Test positiv war. Ich war nicht herzlos. Aber ich würde ihn um nichts bitten. Er konnte für das Kind tun, was auch immer er wollte. Er konnte es sehen oder nicht.

All dies war meine Schuld und ich würde die Last allein tragen, wenn ich es musste.

Mein Handy klingelte und brachte mich zurück in die Realität. Blyss' Name tauchte auf dem Bildschirm auf, und ich antwortete mit zitternder Stimme. „Hallo, Blyss. Frohes Thanksgiving."

„Du klingst schlecht. Was ist los, Katana?" Sie kannte mich besser als die meisten anderen Menschen.

„Oh, nichts", log ich. „Genießen die Kinder ihr leckeres Thanksgiving-Dinner?"

„Sie hassen es. Kein Kind mag eine Mahlzeit, die zur Hälfte aus Gemüse besteht. Troy macht ihnen eine Peperoni-Pizza. Er ist der beste Vater aller Zeiten", schwärmte sie. „Aber genug über uns, wie geht es dir? Was machst du, um diesen Tag zu feiern?"

Gott, ich konnte ihr nicht sagen, dass ich vielleicht eine Tiefkühl-Pastete essen würde – und dass sie das Beste war, was ich an diesem Abend zu erwarten hatte. Ich konnte ihr nicht sagen, dass alles von dem Ergebnis des Schwangerschaftstests abhing, denn ich wusste, dass ich keinen Appetit haben würde, wenn er positiv war.

„Oh, nicht viel", sagte ich schließlich. „Ich arbeite."

„Bitte sag mir, dass du mit ein paar Freunden irgendwo essen gegangen bist. Bitte sag mir, dass du gerade jede Menge Spaß hattest und dich jetzt davon erholst", bat sie mich.

Oh, wie ich mir wünschte, ihr diese Dinge sagen zu können. „Ich wollte zu Hause bleiben. Ich fühle mich seit ein paar Wochen nicht wohl. Ich glaube, ich habe eine Magenverstimmung oder so", sagte ich. Das war die Wahrheit. Bis vor Kurzem hatte ich das wirklich gedacht.

„Niemand hat ein paar Wochen eine Magenverstimmung", erwiderte sie. „Du musst so schnell wie möglich zum Arzt. Ist in deiner Nähe eine Praxis geöffnet? Du solltest noch heute hingehen. Das ist viel zu lange, um krank zu sein, Katana."

Sie könnte recht haben. Ich würde bestimmt zum Arzt gehen, wenn der Test negativ ausfiel – aber wohl auch, wenn er positiv war. „Ich bin mir nicht sicher, ob etwas anderes als die Notaufnahme im Krankenhaus geöffnet hat. Ich denke allerdings nicht, dass es ein Notfall ist. Ich fühle mich nicht immer schlecht. Ich bin nur die ganze Zeit müde und habe keinen Appetit. Ich habe mich dazu gezwungen, hier und da etwas zu essen, aber manchmal kommt es wieder hoch."

„Trinkst du Wasser?", fragte sie. „Weil du viel davon trinken musst. Selbst wenn es wieder hochkommt, musst du es weiter trinken. Und das ist schon seit ein paar Wochen so?"

„Ja." Ich wollte ihr nichts davon erzählen, aber ich hatte in der Woche nach Halloween fünf Pfund abgenommen, und in den letzten fünf Tagen fünf weitere. Meine Rippen begannen sich zu zeigen, ebenso wie meine Hüftknochen.

Dann gab sie mir einen hilfreichen Rat. „Du musst dir diese Getränke besorgen, die alte Leute trinken, um genug Nährstoffe zu bekommen."

„Oh, daran hatte ich gar nicht gedacht. Meine Pflegeeltern, Mr. und Mrs. Baker, haben sie oft getrunken. Ich erinnere mich daran, dass ich sie mochte, als ich sie einmal probiert habe. Dafür habe ich

Ärger bekommen, aber wenigstens weiß ich jetzt, dass ich sie mag." Als ich mich zurücklehnte, legte ich meine Hand auf meinen Bauch, als ob ich zu diesem Zeitpunkt bereits einen winzig kleinen Embryo fühlen könnte, wenn ich schwanger wäre.

Ich war kein Kind mehr. Mit 24 fühlte ich mich reif genug, um Mutter zu werden. Bei meinem Job war ich ohnehin immer zu Hause, also konnte ich für das Kind da sein. Es gab nicht viel zu befürchten. Außer alles allein machen zu müssen.

Würde Nix für das Baby da sein wollen? Würde er für mich da sein wollen?

„Du solltest dir sofort ein paar Flaschen kaufen. Wenn du so lange krank warst, hast du bestimmt abgenommen, oder?", fragte Blyss mit einem wissenden Unterton in ihrer Stimme.

„Ein bisschen. Ich verspreche, dass ich sie mir kaufen werde. Und ich gehe zum Arzt." Ich würde das tun, auf die eine oder andere Weise. Wenn ich schwanger war, musste ich untersucht werden, und wenn nicht, auch, um herauszufinden, was zur Hölle mit mir los war. Es konnten nicht nur Depressionen sein.

Ich war mir nicht sicher, ob ich überhaupt Depressionen hatte. Das Einzige, weswegen ich traurig war, war Nix. Ich vermisste ihn jeden Tag. Aber ich wusste, dass der Schmerz mit der Zeit nachlassen würde. Ich fühlte mich sicher nicht so schlecht, nur weil ich ihn vermisste. Oder doch?

Und wenn es so wäre, was könnte ich dagegen tun? Ihn anrufen?

Ich hatte ihm gesagt, dass ich das nicht tun würde. Ich hatte einen Vertrag unterschrieben, in dem stand, dass ich nie versuchen würde, jemanden zu kontaktieren, dem ich im Club begegnet war.

Aber den Club gab es nicht mehr und mit ihm waren die Verträge zerstört worden, oder? Und war der Vertrag überhaupt wichtig, wenn Nix auch von mir hören wollte? Er schien der Idee nicht abgeneigt gewesen zu sein, als wir uns getrennt hatten.

Ich machte einen Pakt mit mir selbst – wenn ich nicht schwanger war, würde ich zum Arzt gehen. Wenn bei der Untersuchung nichts gefunden wurde, würde ich Nix anrufen und ihn fragen, ob er zu Besuch kommen wollte. Vielleicht würde ich sogar eine Beziehung mit ihm wagen, wenn ich herausfand, dass er mich genauso sehr vermisst hatte wie ich ihn.

Es gab so viele Variablen.

Der Drang zu pinkeln überkam mich plötzlich und ich eilte ins Badezimmer. „Okay, Blyss, ich werde alles tun, was du mir gesagt hast. Ich muss jetzt Schluss machen. Ich liebe dich. Frohes Thanksgiving. Bye." Ich beendete den Anruf, bevor sie auch nur ein Wort erwidern konnte, denn ich platzte fast.

Die drei Wasserflaschen zeigten Wirkung und ich legte das Stäbchen auf einen Lappen neben das Waschbecken.

Die nächsten drei Minuten schienen drei Tage zu dauern. Ich bedeckte die ganze Zeit meine Augen, bis der Alarm meines Handys losging und mir sagte, dass ich jetzt nachsehen konnte.

Ich spreizte die Finger und warf einen Blick auf das Stäbchen.

„Oh Scheiße!"

11

NIXON

Am Tag nach Thanksgiving gingen Shanna und ich früh los, um zurück nach L.A. zu gelangen. Nur würde ich nicht lange in L.A. bleiben oder überhaupt nach Hause gehen. Nein, ich würde nach Portland gehen, um Katana Reeves zu suchen.

Shanna und ich lebten meilenweit voneinander entfernt, also nahm sie ein Taxi zu ihrer Wohnung und ich tat so, als ob ich auf meinen Fahrer warten würde. Das stimmte aber nicht. Ich hatte dem Piloten bereits gesagt, dass er mich nach einer Stunde Pause nach Portland fliegen sollte.

Während ich mich in einer der Lounges im Flughafen entspannte, nippte ich an einem Scotch. Kurz nach Mittag war noch etwas früh, um Alkohol zu trinken, aber meine Nerven waren angespannt. Ich musste etwas tun, um sie zu beruhigen.

Mein Handy piepte und ließ mich wissen, dass eine Textnachricht eingegangen war. Ich erkannte die Nummer nicht, öffnete die Nachricht aber trotzdem.

Nix, hier ist Katana Reeves aus Portland. Ich weiß nicht, ob du dich an mich erinnerst, aber ich muss mit dir reden. Kannst du mich anrufen, wenn du Zeit hast?

Warum sollte sie denken, dass ich mich nicht an sie erinnern würde? Scheiße, es war keinen Monat her, dass wir zusammen gewesen waren. Ich verschwendete keine Zeit, sie anzurufen. Ihre Stimme war leise, als sie ranging. „Nix?"

„Ja, ich bin es. Wie geht es dir?" Ich fuhr mit dem Finger über mein Glas und stellte mir ihr schönes Gesicht vor.

„Okay. Und dir?"

„Mir auch. Es ist lustig, dass du mir diese Nachricht geschickt hast. Ich hatte es satt, darauf zu warten, dass du anrufst, also sitze ich gerade am Flughafen und warte darauf, dass mein Pilot seine Pause beendet, damit er mich zu dir bringen kann", sagte ich und hoffte, dass sie damit einverstanden sein würde.

„Wirklich?", fragte sie und klang, als ob sie es kaum glauben könnte.

Ich hielt mein Handy dem Barkeeper hin. „Hey, können Sie bestätigen, wo ich gerade bin?"

„Im Flughafen von L.A.", sagte er, ohne zu zögern.

„Siehst du", sagte ich. „Ich bin gerade von einem Besuch bei meiner Familie in Texas zurückgekommen und alles, woran ich denken konnte, war nach Portland zu fliegen, um dich zu finden."

Sie seufzte schwer, als würde sie den Atem anhalten. „Das ist gut zu wissen. Ich habe dir viel zu erzählen. Wann denkst du, dass du hier ankommst?", fragte sie und ich hörte ihre Stimme brechen.

„In etwa zwei Stunden. Ich werde im Heathman Hotel absteigen. Ich kann jemanden schicken, der dich dorthin bringt." Ich trank einen Schluck und wartete darauf, was sie sagen würde.

„Ich kann nicht das machen, was wir letztes Mal gemacht haben", murmelte sie.

Ich war enttäuscht. Ich wollte definitiv das machen, was wir letztes Mal gemacht hatten. Aber ich fragte sie nicht, warum. „Okay. Das ist in Ordnung. Ich will dich einfach nur sehen." Ich wollte auch herausfinden, warum sie so lange gebraucht hatte, mich zu kontaktieren. „Wenn ich deine Nummer gehabt hätte, hätte ich dich schon vor langer Zeit angerufen. Das war mein Fehler." Ich zögerte, dann sagte ich die Wahrheit „Ich habe dich vermisst, Katana."

„Ich habe dich auch vermisst", erwiderte sie und es ließ mich seufzen. Sie hatte mich vermisst! „Um ehrlich zu sein, habe ich oft darüber nachgedacht, dich anzurufen. Der Vertrag hat mich davon abgehalten. Aber dann habe ich gestern gedacht, dass der Vertrag wahrscheinlich keine Rolle mehr spielt, seit der Club geschlossen ist. Es ist schön zu hören, dass du mich vermisst hast."

Ich sah, wie mein Pilot an der Lounge vorbei zu dem Gate ging, wo er den Jet geparkt hatte. „Hey, ich sehe meinen Piloten. Wir werden sicher bald starten können. Ich rufe dich an, sobald ich in Portland bin."

„Okay, bye", sagte sie und legte dann auf.

Ich beeilte mich, Bernie, den Piloten, einzuholen. „Hey, Bernie, warten Sie."

Er blieb stehen und drehte sich zu mir um. „Ja, Sir."

Ich erreichte ihn. „Haben Sie noch irgendetwas zu erledigen? Ich meine, ich bin startbereit, wenn Sie nichts anderes zu tun haben."

„Nein, wir können starten. Das Flugzeug wurde bereits betankt. Darf ich fragen, wie lange wir in Portland sein werden, Sir? Meine Frau will wissen, wie lange ich dieses Mal weg sein werde."

„Sie können gleich wieder zurückfliegen. Ich rufe Sie an, wenn Sie mich wieder abholen sollen. Es ist ohnehin nicht allzu weit." Ich klopfte ihm auf den Rücken und wir gingen zum Jet. „Wie lange sind Sie schon verheiratet?"

„Zehn Jahre", sagte er. „Wir haben drei Kinder."

„Kinder, wow." Ich schüttelte den Kopf. „Ich habe nie darüber nachgedacht, Kinder zu haben. Meine Schwestern und Brüder haben alle Nachwuchs. Ich komme aus einer riesigen Familie. Mom und Dad hatten sechs Kinder. Ich bin der Älteste und habe noch nie jemanden gefunden, mit dem ich selbst eine Familie gründen wollte. Sagen Sie mir, wie Sie gewusst haben, dass Ihre Frau die Richtige für Sie ist, Bernie."

„Bei uns hat es von Anfang an gepasst. Ich meine, ganz am Anfang war es ein bisschen peinlich, aber wir sind ziemlich schnell miteinander in Einklang gekommen. Und ich hatte noch nie für jemanden so empfunden wie für sie. Also habe ich sie geheiratet, so schnell ich konnte."

Wir stiegen in das Flugzeug und ich ging zu meinem Platz, während er ins Cockpit ging. „Danke, Bernie."

„Haben Sie ein Auge auf jemanden geworfen, Sir?", fragte er mich und zwinkerte mir dann zu. „Vielleicht auf jemanden in Portland?"

„Vielleicht", sagte ich mit einem Grinsen. „Und Bernie, tun Sie mir einen Gefallen und hören Sie auf, mich Sir zu nennen. Sie sind älter als ich. Einfach Nixon, okay?"

„Alles klar, Nixon. Schnallen Sie sich an."

Ich schlief auf dem ganzen Flug nach Portland. Allein das Wissen, dass ich Katana wiedersehen würde, ließ mich besser schlafen als den ganzen Monat zuvor. Erst als ich mich auf meinem Sitz ausgeruht hatte, wurde mir klar, wie angespannt ich gewesen war.

Als ich aus dem Flugzeug stieg, rief ich Katana an, um sie wissen zu lassen, dass ich gelandet war und ein Auto zu ihr schicken würde. Aber sie sagte mir, sie würde mit ihrem eigenen Auto zu mir fahren. Ich musste ihr nur Bescheid sagen, sobald ich ein Zimmer hatte, und sie würde kommen.

Die Tatsache, dass sie nicht ohne ihr Auto sein wollte, machte mich etwas nervös. Aber andererseits konnte ich nicht erwarten, dass sie alles stehen und liegen ließ, nur weil ich in der Stadt war.

Nachdem ich eingecheckt und mein Zimmer betreten hatte, rief ich sie an und sie sagte, sie sei auf dem Weg. Während ich wartete, begann ich nervös zu werden. Worüber zur Hölle konnte sie reden wollen?

Ich meine, ich wusste, was ich wollte, und das war eine weitere Nacht mit ihr. Aber ich hatte nicht wirklich etwas, das ich mit ihr besprechen wollte. Sie hatte gesagt, wir könnten nicht das tun, was wir das letzte Mal getan hatten, und dass wir reden müssten. Worum könnte es also gehen?

Hatte sie eine Geschlechtskrankheit und wollte mir die Schuld dafür geben?

Ich wusste, dass ich sauber war. Oder vielleicht war ich es jetzt nicht mehr.

Scheiße!

Es klopfte an der Tür und ich ging hin, um sie zu öffnen. Ich war unsicher, wie ich bei meinen gegenwärtigen Gedanken auf sie reagieren würde.

Aber als ich sie wiedersah, konnte ich nicht mehr denken und mein Herz schlug schneller.

In einer Jeans, einem leichten Pullover und schwarzen Ballerinas stand Katana da und sah mich an. Ihre Augen wanderten über mich. Ich trug Jeans und ein T-Shirt und hatte meine Schuhe ausgezogen, sobald ich in das Zimmer gekommen war.

Wir standen nur da und unsere Augen verschlangen einander, bis eine Bewegung die Erstarrung durchbrach. Ich packte sie und zog sie direkt in meine Arme. Ich drückte sie an die Tür, mein Mund prallte auf ihren, und ich konnte nicht genug von ihr bekommen.

Unsere Kleider zerrissen, als wir sie einander auszogen, und bevor einer von uns wusste, was zur Hölle los war, waren wir beide nackt. Sie schlang ihre Beine um meine Taille und ich drang in ihr weiches, heißes Zentrum ein, während wir vor Erleichterung stöhnten.

Ich fickte sie hart und benutzte die Wand, um sie dort festzuhalten, wo ich sie brauchte. Wir kamen beide in einem hitzigen Sturm und dann trug ich sie zum Bett, während ihre Beinen immer noch um mich gewickelt waren.

Ich legte sie hin und ließ zu, dass sich unsere Körper einen Moment trennten, bevor ich auf ihr war und mein Schwanz immer härter wurde. Ich stieß mich mit einer Kraft, die unmenschlich zu sein schien, wieder in sie. Wir sahen einander in die Augen, als ich ihr Zentrum dehnte, das immer noch von dem Orgasmus pulsierte, den ich ihr gerade gegeben hatte.

Ihre Hände bewegten sich durch meine Haare und dann über meinen Bart. „Das sieht gut aus, Nix."

Ich küsste ihre süßen Lippen und bewegte meinen Mund, um ihren Hals zu küssen, während meine Stöße sich schließlich zu einem weniger drängenden Tempo verlangsamten. Ihr Körper wölbte sich, um meinen zu treffen, und wir bewegten uns im Rhythmus, bis wir beide bei einem weiteren Orgasmus erzitterten. Wir kamen wieder zusammen. Es war, als ob wir eine Verbindung hatten, die nicht einmal unsere Körper leugnen konnten.

Ich würde sie nicht wieder verlassen. Ich musste mehr von ihr haben. Und es sah so aus, als müsste sie auch mehr von mir haben.

Sie hatte mir gesagt, dass es für uns nicht mehr als eine Nacht geben würde. Also fragte ich mich, warum sie ihre Meinung geändert hatte. Aber ich würde sie das später fragen. Vorerst wollte ich sie umdrehen und ihren süßen Hintern versohlen, während ich sie von hinten nahm. Aber als ich sie an der Taille packte, wurde klar, dass sie das nicht zulassen würde.

Es wurde auch klar, dass sie etwas an Gewicht verloren hatte. Ich sah ihre Hüftknochen und als ich meine Hände an ihren Seiten hochzog, spürte ich ihre Rippen. Ich hatte mir keine Zeit genommen, viel zu bemerken. Ich hatte sie zu sehr gewollt.

Ihre Hände packten meine Handgelenke. „Ich muss dir etwas sagen, Nix."

Die Art, wie ihre Lippen zu zittern begannen, sagte mir, dass es nichts Gutes war. War sie krank? Todkrank?

„Sag es mir", flüsterte ich, während ich genau dort blieb, wo ich war, mein Schwanz noch immer in ihr. Ich wollte die Verbindung nicht verlieren. Ich konnte sie nicht verlieren.

„Nix, ich bin schwanger mit deinem Baby."

Scheiße!

12

KATANA

S chweigen erfüllte den Raum. Nix starrte mich lange an, rollte sich dann von mir herunter und eilte ohne ein Wort zu sagen ins Bad. Ohne einen Hinweis darauf, was er über das Baby dachte, lag ich da und fing an zu weinen, während ich die Decke hochzog, um meinen Körper zu verhüllen.

Ich hatte keine Ahnung, wie er die Neuigkeit aufnehmen würde. Ich wusste nicht, was ich erwartet hatte. Aber diese Reaktion machte mich definitiv nicht glücklich.

Ein paar Minuten später kam er aus dem Badezimmer und hielt einen nassen Waschlappen in der Hand. Er sah mich nicht an, als er damit über sein Gesicht wischte und sich auf die Bettkante setzte. „Bist du sicher, dass es von mir ist? Ich weiß, dass du mir gesagt hast, dass du über ein Jahr keinen Sex hattest, aber Leute lügen. Ich muss die Wahrheit wissen." Er sah mir direkt in die Augen. „Es ist okay, wenn du mich angelogen hast. Jetzt zählt nur, dass du und ich die Wahrheit kennen. Wenn es die geringste Chance gibt, dass es nicht von mir ist, muss ich es wissen. Hast du nach mir mit irgendjemandem geschlafen?"

Ich schüttelte den Kopf und wischte meine Tränen weg. „Ich hatte vor dir über ein Jahr keinen Sex mehr gehabt. Und nach dir habe ich mit niemandem geschlafen. Ich war krank. Ich dachte, ich hätte einen Virus. Aber gestern habe ich mir meine Antibabypillen angesehen. Ich hatte sie ein paar Wochen nicht mehr genommen, seit ich angefangen hatte, mich schlecht zu fühlen. Ich habe gesehen, dass ich die Woche, bevor ich dich kennengelernt habe, übersprungen hatte. Ich habe es nicht mit Absicht gemacht. Das schwöre ich dir."

Er nickte. „Ich glaube dir. Ich erinnere mich, dass du mir erzählt hast, du hättest eine harte Woche gehabt. Es muss eine höllische Woche gewesen sein."

„Ja, aber ich kann nicht glauben, dass ich vergessen habe, so viele Pillen zu nehmen. Es tut mir so leid." Ich fing an zu schluchzen und bedeckte mein Gesicht mit meinen Händen, damit er mich nicht weinen sehen konnte.

Ich spürte, wie seine Hände sich über meine bewegten, und er zog sie weg, umarmte mich und wiegte mich hin und her. „Weine nicht. Wir werden eine Lösung finden. Ich bin so erleichtert, dass du es mir gleich gesagt hast. Ich bin froh, dass du mich nicht außen vor gelassen hast."

Er war froh, dass ich ihn nicht außen vor gelassen hatte. Das war gut zu hören. In Wahrheit hatte ich mir Sorgen gemacht, dass er sauer auf mich wäre und mir sagen würde, dass es allein mein Problem war, da ich es verursacht hatte.

Aber das hatte er nicht gesagt. Er hielt mich fest und sagte mir, wir würden eine Lösung finden. Es lief besser, als ich gedacht hatte. Aber ich wusste, dass ich mich zusammenreißen musste, damit ich ihn noch ein bisschen mehr wissen lassen konnte.

Schniefend zog ich den Kopf zurück und sah ihn an. Er nahm den feuchten Waschlappen und wischte mir die Tränen weg. „Nix, ich möchte nur, dass du weißt, dass ich dich zu nichts zwingen werde. Du kannst so viel oder so wenig mit dem Baby zu tun haben, wie du willst. Ich kann allein darauf aufpassen, wenn du nichts damit zu tun haben willst. Ich versuche auch nicht, dich in eine Beziehung mit mir zu drängen."

„Ich bin mir sicher, dass du das nicht tust", flüsterte er. „Du weiß erst seit einem Tag von dem Baby. Bist du sicher, dass du es behalten willst?"

Ich nickte. „Es mag so aussehen, als hätte ich nicht alles durchdacht. Aber ich kann mein Baby nicht töten. Egal wie klein es ist. Egal ob sich sein kleines Herz noch nicht entwickelt hat. Ich kann es nicht tun." Ich sah ihm direkt in die Augen. „Ich werde es nicht tun."

Er lächelte. „Gut. Ich bin froh, das zu hören. Wir sind aus einem bestimmten Grund schwanger geworden. Gott macht keine Fehler."

Er hatte das Wort *wir* benutzt. *Wir* waren schwanger geworden. Ich war nicht allein. Er war hier bei mir. Zum ersten Mal in meinem Leben hatte ich jemanden, der bei mir bleiben würde.

Ich seufzte. „Du weißt nicht, wie gut es ist, das zu hören, Nix. Ich verspreche dir, dass ich dich nicht belasten werde. Wir werden alles wieder in Ordnung bringen."

„Sicher", sagte er und küsste dann meinen Kopf. „Jetzt verstehe ich, warum du gesagt hast, wir könnten nicht machen, was wir zuvor gemacht haben. Ich muss dir sagen, dass ich ziemlich enttäuscht war, als du mir das erzählt hast. Aber jetzt verstehe ich es. Und ich möchte dir sagen, dass es mir ein gutes Gefühl gibt, was für eine Mutter du sein wirst. Eine verdammt gute."

Ich lachte leise. „Ich denke, du solltest ein paar Dinge über mich wissen, Nix. Meine Mutter wusste nicht, wer mein Vater war. Sie hat mich oft allein gelassen und eines Tages ist sie einfach nicht nach Hause gekommen. Ich wurde in ein Waisenhaus gebracht und später nahm mich ein älteres Ehepaar bei sich auf, bis ich 18 wurde."

„Verdammt", murmelte er. „Das ist heftig."

„Ich denke, ich sollte ein paar Elternkurse machen. Es ist nicht so, als ob ich wüsste, wie man sich um ein Baby oder ein Kleinkind kümmert." Ich blickte zu Boden und fühlte mich ziemlich erbärmlich.

Seine Hand an meinem Kinn hob mein Gesicht und er küsste meine Lippen, bevor er sagte: „Meine Mutter hat sechs Kinder gehabt. Ich denke, sie würde dir liebend gern alles über Babys und Kindererziehung beibringen."

Seine Mutter?

„Du würdest mich deiner Familie vorstellen?", fragte ich überrascht.

„Natürlich. Du bekommst mein Baby. Du musst die Leute kennenlernen, die es so sehr lieben werden wie wir." Er küsste mich wieder.

Alles war zu perfekt. Es ergab keinen Sinn. In meiner Welt war nie etwas perfekt. Irgendwann würde etwas passieren und alles kaputtmachen. Aber vorerst lief es gut und ich konnte diesen Moment genießen.

Als sich unsere Lippen trennten, hatte er noch mehr großartige Dinge zu erzählen. „Ich weiß, dass das plötzlich ist. Ich meine, es ist alles ein ziemlicher Schock. Aber du bist nicht allein. Und ich möchte genauso für dich da sein wie für das Baby. Komm nach Malibu. Ziehe bei mir ein. Ich will dich nicht in eine Beziehung drängen oder so etwas, also lass dich von dem, was ich hier sage, nicht abschrecken."

„Ich will auch nichts erzwingen. Hast du genug Platz, damit ich ein eigenes Schlafzimmer bekomme und es nicht zu schnell mit uns geht?", fragte ich.

„Ich habe insgesamt vier Schlafzimmer. Du wirst eines haben, das Baby wird eines haben, und das dritte ist für Gäste. Alle Schlafzimmer haben ein eigenes Badezimmer, damit wir uns nicht in die Quere kommen." Er küsste meine Wange. „Ich meine es ernst. Ich will an der Schwangerschaft teilhaben. Ich möchte nichts verpassen, was dieses Kind betrifft."

Ich war dankbar zu hören, wie optimistisch er war. Aber ich wollte ihm keine Last sein. „Ich werde die halbe Miete und alle anderen Rechnungen bezahlen."

„Sicher nicht." Er kam unter die Decke zu mir und legte seinen Arm um mich. „Was machst du eigentlich beruflich?"

„Ich entwerfe Buchcover. Da ich Freiberuflerin bin, kann ich von zu Hause aus arbeiten. Ich werde das Baby nie bei Babysittern lassen müssen, um meinen Job zu machen." Ich lächelte. Die Flexibilität meiner Arbeit machte mich glücklich. Angesichts all der Sorgen, die ich in Bezug auf dieses Kind hatte, war es eine große Erleichterung zu wissen, dass ich keine Babysitter finden musste.

„Cool. Du musst nicht arbeiten. Ich habe mehr als genug Geld. Aber wenn du es tun willst, damit du beschäftigt bist, mach ruhig weiter." Er drückte meine Schulter ein wenig.

„Ich werde eine Weile nicht mehr deine kleine Sklavin sein können. Wird das okay für dich sein, Nix?", fragte ich, da ich keine Ahnung hatte, was er wollte.

Er lachte. „Ja, ich weiß. Es ist in Ordnung. Ich bekomme diesen Drang nur ein paar Mal im Jahr. Ich brauche das nicht ständig."

Ich legte meinen Kopf auf seine Brust und fühlte mich sicher in seinen Armen. Ich hatte einen Vater für mein Kind. Einen Mann, der für mich und unser Baby da sein wollte.

Ich konnte nicht glauben, dass ein zufälliges Treffen in einem BDSM-Club so endete. Dass ich schwanger von einem reichen Mann war und mit ihm nach Malibu in Kalifornien zog, um dort wer weiß wie lange zu leben. Die Zukunft sah hoffnungsvoller aus als je zuvor.

Aber dieses nagende Gefühl in mir, das es hasste, Hoffnungen auf irgendetwas zu setzen, quälte mich. *Es läuft nie gut für dich, Katana Reeves, und das weißt du auch. Irgendetwas wird alles zerstören. Warte nur ab.*

Ich drückte meine Lippen gegen Nix' Brust und versuchte, die Stimme in meinem Kopf zum Schweigen zu bringen. Vorerst funktionierte alles. Vorerst hatte ich einen Mann, der das Richtige tun und Verantwortung übernehmen würde. Das war nicht geplant gewesen, aber es war passiert und er hatte die innere Stärke, damit fertig zu werden.

Vorerst ging es mir gut.

13

NIXON

Katana schlief den Rest der Nacht wie ein Baby in meinen Armen. Ich nehme an, dass es damit zu tun haben könnte, dass endlich jemand für sie da war. Ich hatte keine Ahnung, wie es sich anfühlte, allein auf der Welt zu sein. Es musste sich schrecklich anfühlen und war nichts, was ich irgendjemandem wünschte.

Ich fand es schwer zu glauben, dass eine Frau, die so schön wie sie war, allein auf dieser Welt sein konnte. Wie dunkel ihre Vergangenheit auch gewesen sein mochte, ihre Zukunft war hell. Sie würde nie wieder allein sein, jetzt da sie unser Kind unter dem Herzen trug. Und egal was passierte, ich würde sie niemals im Stich lassen. Aber ich hatte keine Ahnung, wie viel von meinem Herzen ich ihr geben konnte.

Es wäre nicht fair ihr gegenüber gewesen, sie zu bitten, mich zu heiraten, obwohl wir uns erst seit Kurzem kannten. Ich hielt nichts von Scheidungen – so war ich nicht erzogen worden. Meine Eltern waren schon lange verheiratet und hatten uns beigebracht, dass man als Ehepaar zusammen durch dick und dünn ging.

Mom und Dad versuchten, uns ihre schlechten Zeiten nicht mitbekommen zu lassen, aber wir wussten, dass sie sie hatten.

Manchmal war die Stimmung bei uns etwas angespannt und es wurden kaum Worte zwischen ihnen ausgetauscht, aber sie schafften es immer, hinter verschlossenen Türen wieder alles in Ordnung zu bringen. Mom sagte uns immer, es sei wichtig für eine Mutter und einen Vater, ihre Ehe über alles andere zu stellen. Man musste so damit umgehen, wie man mit einer Geschäftspartnerschaft in einem hochprofitablen Unternehmen umgehen würden.

Als ich jünger war, verstand ich nicht wirklich, warum sie so etwas sagte. Ich meine, sollte ein Paar nicht immer seine Kinder an erste Stelle setzen?

Aber ich hatte gehört, wie Mom meiner Schwester kurz vor ihrer Hochzeit ihre Ideologie erklärt hatte. Mom hatte ihr gesagt, dass die Ehe die Grundlage für die Familie war, die bald folgen würde. Ohne ein festes Fundament würde alles zusammenbrechen. Jeder einzelne Teil der Familie war wichtig und jeder hatte seinen Teil dazu beizutragen. Aber ohne eine feste Ehe würde alles auseinanderbrechen.

Ich konnte zu diesem Zeitpunkt keine feste Ehe mit Katana schließen. Es wäre weder uns noch dem Baby gegenüber fair gewesen. Aber ich konnte für sie da sein. Ich wusste, dass sie sich die Schuld für die Schwangerschaft gab, das hatte sie mir selbst gesagt. Und ich wollte verzweifelt diese Last von ihren schmalen Schultern nehmen.

In diesem Augenblick schwor ich mir, Katana stets wissen zu lassen, dass ich überglücklich über das Baby war. Weil das die Wahrheit war. Ich hatte nie darüber nachgedacht, ein Kind zu haben. Nicht ein einziges Mal. Aber wohl nur, weil ich nicht die richtige Frau für mich gefunden hatte – das war ein weiterer starker Glaube, den meine Eltern mir eingeimpft hatten.

Da Katana schon schwanger war, Unfall oder nicht, hatte ich keine Wahl. Ich würde Vater werden, Ende. Warum sollte ich dagegen ankämpfen? Warum sollte ich es nicht genießen?

Meine Eltern würden anfangs nicht so begeistert darüber sein, aber sie würden ihre Meinung ändern. Sie liebten jedes ihrer Enkelkinder und würden auch mein Kind lieben, auch wenn sie nicht damit einverstanden wären, dass Katana und ich nicht verheiratet waren.

Während ich sie in meinen Armen hielt und den süßen Duft ihres Lavendel-Shampoos einatmete, fragte ich mich, wie wir wohl miteinander auskommen würden. Würde sie damit einverstanden sein, dass wir mehr wie Freunde als ein Paar waren? Weil ich mir das so vorstellte.

Als mir dieser Gedanke durch den Kopf ging, fühlte ich, wie sie sich an mich schmiegte und seufzte. Mein Herz schlug etwas schneller – es gab mir ein gutes Gefühl, sie bei mir zu haben. Sie fühlte sich sicher, das konnte ich spüren. Ich konnte ihr Sicherheit bieten. Ich konnte ihr die meisten Sorgen nehmen. Mit meinem Geld, meinen Ressourcen und meiner Familie konnte ich viel für sie tun, und zwar für den Rest ihres Lebens.

Was ich nicht tun konnte, war ihr zu sagen, dass ich sie liebte. Ich tat es nicht und würde sie deswegen nicht anlügen. Und ich hoffte, dass auch sie mich deswegen niemals anlügen würde.

Katana ging es nicht ums Geld – zumindest schien es so. Sie trug mein Kind unter dem Herzen. Ich würde immer dafür sorgen, dass sie mehr als genug hatte, um sich für den Rest ihres Lebens darum zu kümmern. Sie hatte sozusagen im Lotto gewonnen, als sie von mir schwanger geworden war.

Ein anderer Gedanke war wie ein Schlag in die Magengrube. Was, wenn ich mich in sie verliebte, aber sie meine Gefühle niemals erwiderte? Was, wenn sie irgendwann jemanden treffen würde, in den sie sich verliebte und den sie heiraten wollte? Was würde das für mich bedeuten?

Ein tiefer Seufzer kam aus meinem Mund, als mir klar wurde, wie schwer alles in der Zukunft werden könnte. Die Zukunft war unsicher. Alles, was ich tun konnte, war mein Bestes zu geben. Plötzlich fühlte ich das ungeheure Gewicht der Verantwortung auf meinen Schultern lasten.

Ich sollte Vater für ein Kind sein, für eine Frau da sein, die sonst niemanden auf der Welt hatte, und die Verantwortung dafür übernehmen, dass es allen in unserer kleinen Familie gutging.

Ich würde eine eigene Familie haben!

Vielleicht nicht so, wie ich es mir früher vorgestellt hatte, aber ich würde meine eigene Familie haben. Mein Vater hatte uns allen beigebracht, dass der Mann des Hauses die Hauptverantwortung für die Familie hatte.

Ich hoffte irgendwie, dass das nicht stimmte. Ich wollte denken, dass beide Elternteile diese Verantwortung gemeinsam trugen. Und demnach, was ich bei anderen Ehen gesehen hatte, war es auch größtenteils so. Andererseits hatte ich nur wenige persönliche Erfahrungen in diesem Bereich.

Als meine Schwester ein paar Jahre nach ihrer Hochzeit ihr erstes Baby mit ihrem Mann bekommen hatte, war ich dort. Alles lief gut. Sie und ihr Ehemann arbeiteten während ihrer schmerzhaften Wehen wie ein echtes Team zusammen.

Alle waren ins Krankenhaus gekommen, um den Neuankömmling in unserer Familie willkommen zu heißen. Wir besuchten die beiden abwechselnd. Einige von uns blieben im Warteraum, während andere Zeit mit ihnen im Kreißsaal verbrachten. Ich war zufällig bei ihnen, als es Komplikationen gab.

Ein Alarm ging los, als sie eine Wehe hatte, und plötzlich kamen zwei Krankenschwestern hastig durch die Tür. Meine Schwester hielt die Hand ihres Mannes und beide sahen nervös aus. Ich hatte keine Ahnung was los war.

„Wir müssen sie sofort in den OP bringen", sagte eine der Krankenschwestern.

„Warten Sie, warum?", fragte mein Schwager. „Was ist los?"

Die Krankenschwester, die damit beschäftigt war, Infusionsbeutel vom Ständer zu nehmen und auf das Bett zu legen, antwortete ihm. „Dieser Alarm lässt uns wissen, dass das Herz des Babys aufgehört hat zu schlagen. Wir müssen einen Notfall-Kaiserschnitt machen." Sie drückte auf den Rufknopf am Bett, und eine andere Krankenschwester meldete sie. „Machen Sie den OP bereit und holen Sie den Arzt", sagte sie zu ihr.

Meine Schwester fing an zu weinen. „Was passiert jetzt?", fragte sie.

Die Krankenschwester, die ihr am Nächsten war, tätschelte ihren Arm. „Sie bekommen eine Narkose und wir holen das Baby und sehen, was wir tun können, um sein Herz wieder zum Schlagen zu bringen." Sie sah meinen Schwager an. „Können Sie Ihre Frau ruhighalten, bis die Narkose wirkt? Und Sie müssen sich in dem Raum vor dem Operationssaal einen Kittel überziehen. Beeilen Sie sich. Sie werden Entscheidungen treffen müssen, sobald das Baby geboren ist. Entscheidungen, die Ihre Frau nicht treffen kann, da sie nicht bei Bewusstsein sein wird."

Er wurde blass und nickte. Aber die Farbe kehrte schnell in sein Gesicht zurück und er sah seine Frau mit einer Kraft an, die er vorher noch nie gehabt hatte. „Ich liebe dich. Ich kümmere mich um dich und unseren Sohn. Du musst dir keine Sorgen machen. Du kannst auf mich zählen." Er sah mich an. Ich war vor Sorge erstarrte. „Nixon, ich möchte, dass du rausgehst und die Familie darüber informierst, was passiert ist. Sag ihnen, ich werde kommen und euch wissen lassen, wie es läuft, sobald wir alles unter Kontrolle haben."

„Ich liebe dich, Schwesterchen", brachte ich noch heraus. Dann eilte ich aus dem Zimmer.

In diesem Moment hatte ich den Energietransfer gesehen. Ich hatte gesehen, wie eine Frau aussah, wenn sie in eine Situation geriet, in der sie völlig hilflos war, und ich hatte gesehen, wie das Gewicht der Verantwortung auf den Schultern des Mannes lastete.

Später, nach der Geburt des Babys und nachdem sie entdeckt hatten, dass die Nabelschnur sich um seinen Hals gelegt und deshalb sein Herz zu schlagen aufgehört hatte, war mein Schwager zu uns gekommen.

„Es geht ihm gut. Und ihr auch. Es war hart, aber ich möchte nicht, dass ihr euch Sorgen macht. Ich werde gut auf meine Frau und meinen Sohn aufpassen", sagte er.

Meine Mutter umarmte ihn und fing an zu weinen. „Du bist ein großartiger Mann. Unsere Tochter hat Glück, dich zu haben."

Wir hatten alle genickt und großen Respekt vor dem Mann gehabt, den unsere Schwester geheiratet hatte. Und nachdem ich ähnliche Szenen bei dem Rest meiner Familie gesehen hatte, kannte ich die potenziellen Herausforderungen, die ein Baby und eine Frau, auf die ich aufpassen sollte, mit sich bringen konnten. Es war eine gewaltige Verantwortung.

Nicht leicht, aber durchaus machbar.

Ich küsste Katanas Kopf, schloss meine Augen und versuchte an nichts mehr zu denken, damit ich einschlafen konnte.

Meine Zukunft hatte sich für immer verändert und ich konnte gut schlafen, weil ich wusste, dass ich mit allem fertig werden konnte, was auf mich zukam.

14

KATANA

Nachdem ich endlich einmal die ganze Nacht durchgeschlafen hatte, wachte ich auf und fühlte mich besser als seit langer Zeit. Ich hörte Geräusche aus dem Badezimmer und wusste, dass Nixon vor mir aufgestanden war. Als ich mich aufsetzte und streckte, sah ich einen Kleidersack am Haken der Schranktür hängen und ein nagelneues schwarzes Paar Ballerinas am Boden stehen.

Ein Lächeln kräuselte meine Lippen, als mir klar wurde, dass Nix etwas zum Anziehen für mich hatte bringen lassen, da meine Kleidung schon völlig abgetragen war. Er wusste wirklich, wie man sich um ein Mädchen kümmerte. Ich konnte mich glücklich schätzen, dass ich von ihm ein Kind bekam und nicht von irgendeinem Idioten.

Die Badezimmertür öffnete sich, und Dampf strömte heraus und umgab eine riesige Gestalt. Nixon stand mit einem Handtuch um seine Hüften da, während er ein weiteres benutzte, um seine Haare zu trocknen. „Hey, schöne Frau. Freut mich, dass du wach bist. Willst du frühstücken gehen?" Er wies mit dem Kopf auf den Kleidersack. „Ich habe dir etwas zum Anziehen besorgt."

Ich stieg aus dem Bett und wickelte dabei die Decke um mich.

Nach dem Gewichtsverlust war mir mein dünner Körper peinlich. „Ich dusche und ziehe mich an, damit wir gehen können."

Er trat beiseite, streckte aber die Hand nach mir aus und packte die Decke. „Warum versteckst du dich darunter?"

Ich duckte mich und murmelte: „Ich verstecke mich nicht."

Er ließ die Decke los und umfasste mein Kinn. „Du bist nicht mit deinem Gewicht zufrieden, oder?"

Ich schüttelte den Kopf. „Nicht wirklich."

„Mach dir keine Sorgen. Ich werde sicherstellen, dass du gut versorgt bist. Wir werden in Los Angeles einen Arzt finden, der dir hilft, dich besser zu fühlen." Er küsste meine Stirn. „Ich bin für dich da. Mach dir keine Sorgen um irgendetwas."

„Ich fühle mich schon viel besser", gab ich zu und sah in seine grünen Augen. „Deine Unterstützung bedeutet mir die Welt. Ich weiß, dass das nicht geplant war ..."

Er legte seinen Finger an meine Lippen. „Still. Ich möchte, dass du etwas weißt. Es ist egal, dass es nicht geplant war. Ich bin überglücklich über dieses Baby und kann dir nicht genug dafür danken, dass du so kooperativ bist."

Ich konnte nicht glauben, was ich aus seinem Mund hörte. Er war überglücklich? „Du bist ein verblüffender Mann, Nixon Slaughter. Es ist weniger als einen Tag her, dass du von dem Baby erfahren hast, aber du reagierst besser darauf, als ich jemals für möglich gehalten hätte."

„Nun, was geschehen ist, ist geschehen. Warum dagegen ankämpfen? Wir können es genauso gut genießen wie ein echtes Paar, oder?", fragte er und ging dann von mir weg.

„Das ist eine großartige Einstellung", sagte ich, als ich ins Badezimmer ging.

So großartig seine Einstellung auch war, was er gesagt hatte, ging mir unter die Haut. Vielleicht waren es die Hormone, aber ich fühlte Tränen in meinen Augen aufsteigen, bevor sie mir über die Wangen fielen.

Wir waren kein Paar. Wir waren kaum mehr als Fremde. Und wir waren durch diese Schwangerschaft zusammengeschweißt worden. Wie hatte ich mich nur in eine so unangenehme Situation gebracht?

Wie würde ein Kind mit Eltern aufwachsen, die sich nicht einmal liebten?

Ich trat in die Dusche und ließ das Wasser meine Tränen wegwaschen. Meine Hände zitterten, als ich sie über meinen flachen Bauch bewegte. In mir wuchs etwas heran, ein winziger Mensch, der mit jedem Tag größer wurde. Und sein Vater und ich kannten einander kaum.

Ich versuchte mein Bestes, um mich zusammenzureißen, nicht mehr solche Gedanken zu haben und mich auf die Tatsache zu konzentrieren, dass ich jemanden hatte, der bei allem, was kam, an meiner Seite war. Zugegeben, ich hatte keine Ahnung, wie hilfreich Nixon sein würde, aber was er gesagt hatte, ließ mich annehmen, dass er fantastisch sein würde. Ihn bei mir zu haben würde viel besser sein, als alles allein zu machen.

Ein Klopfen an der Tür riss mich aus meinen Gedanken. „Hey, wenn du keine Lust hast auszugehen, kann ich den Zimmerservice anrufen und etwas bestellen. Sag mir einfach, was du willst."

„Wenn du etwas bestellen willst, kannst du das tun", rief ich und spülte das Shampoo aus meinen Haaren.

Er öffnete die Tür und trat ein. „Ich möchte, dass du das entscheidest, Katana."

„Es ist mir egal." Ich wich ein wenig zurück und hoffte, dass das Wasser, das auf die gläserne Duschtür traf, meine Konturen etwas verzerrte. Meine Hüftknochen ragten hervor und ich hasste, wie sie aussahen.

„Entscheide dich", sagte er unbeirrt von meinem Schweigen. „Es gibt auch ein Frühstücksbuffet in einem der Cafés im Erdgeschoss. Klingt das nicht gut?"

Ich konnte sehen, dass er die Entscheidung nicht treffen würde, also machte ich es. „Ja, lass uns das machen. Ich komme jetzt raus."

„Okay." Er ging zurück und ließ die Tür weit offenstehen.

Als ich mich abgetrocknet hatte, dachte ich darüber nach, wie nett Nix war. Mit uns könnte es wirklich gut laufen. Nicht, dass ich damit rechnete, dass er sich in mich verlieben würde, aber es wäre gut, mit ihm auszukommen. Ich würde vielleicht die nächsten 18 Jahre oder so mit dem Mann zusammenleben, und das würde es mir leichter machen.

Ich wickelte das Handtuch um mich und ging zu dem Kleidersack. Nixon sah vom Fernseher auf. „Wie fühlst du dich?"

„Ziemlich gut", sagte ich, nahm den Kleidersack und ging zurück ins Badezimmer, um mich anzuziehen. Ich fand ein sehr teures knielanges dunkelblaues Kleid darin. Es wurde am Rücken mit einem Reißverschluss zugemacht, den ich nicht bis ganz oben ziehen konnte.

Also ging ich zu Nixon und bat ihn um Hilfe. Danach schlüpfte ich in die Ballerinas und wir gingen nach draußen. Seine Hand auf meinem Rücken fühlte sich gut an. Die Art, wie die Leute uns ansahen, als wir in den Frühstücksbereich kamen, brachte mich zum Lächeln. Sie nickten uns höflich zu und wünschten uns einen guten Morgen.

Es war ganz anders als die Art, wie die Leute uns angesehen hatten, als wir vor fast einem Monat an diesen Ort gekommen waren. Jetzt wurden wir anders betrachtet als zuvor – als ein Paar, nicht als dreckiger One-Night-Stand. Es fühlte sich viel besser an.

Eine Kellnerin sagte uns, wir sollten uns irgendwo hinsetzen und dass die Kosten für das Büffet auf die Zimmerrechnung gesetzt werden würden. Das Essen war dekadent und alles sah grandios aus.

Nixon führte mich zu einem Tisch am Fenster. „Wie wäre es hier? Oder willst du woanders sitzen?"

„Hier ist es in Ordnung, Nix." Ich legte meine Handtasche auf den Stuhl und wir gingen zum Buffet.

Er stand dicht neben mir, als wir unsere Teller füllten, zeigte auf gesunde Dinge wie etwa die frischen Früchte und sagte mir, dass sie großartig für das Baby und mich wären. Ein Lächeln trat auf mein Gesicht, als er mich und unser kleines, ungeborenes Baby schon jetzt so umsorgte.

Als wir uns zum Essen hinsetzten, griff er über den Tisch und nahm meine Hand. „Nochmals vielen Dank, dass du mich so früh informiert hast. Ich bezweifle, dass die meisten Frauen so handeln würden. Möchtest du, dass ich einen Umzugsservice damit beauftrage, deine Sachen noch heute in mein Haus zu bringen?"

„Heute?", fragte ich, bevor ich mir ein Stück köstlichen Hickory-Räucherspeck in den Mund steckte.

„Sicher, warum nicht heute?", fragte er, schnitt seinen Pfannkuchen durch und biss hinein.

„Nun, ich muss meinen Vermieter wissen lassen, dass ich ausziehe. Er wird mich vielleicht nicht so schnell aus dem Vertrag lassen." Ich trank etwas Apfelsaft und wartete ab, was er darüber dachte.

„Ich werde bezahlen, um dich aus dem Mietvertrag zu holen. Sollen wir noch heute mit deinem Vermieter reden und uns darum kümmern?", fragte er, legte seine Gabel hin und sah mich an. „Ich möchte dich mit nach Hause nehmen."

Ich war geschmeichelt und hatte keine Ahnung, was ich sagen sollte. Es gab Dinge, um die ich mich kümmern musste. Nicht viele Dinge, aber einige. Ich hatte Wäsche, die ich waschen musste, und ich musste meine Sachen packen. Ich würde Kartons dafür brauchen. „Nix, ich brauche ungefähr eine Woche, um alles zu erledigen."

„Eine Woche?" Er sah wie betäubt aus, als er den Kopf schüttelte. „Das ist zu lange. Ich möchte dich zu einem Arzt bringen."

„Ich glaube nicht, dass es ein Notfall ist", sagte ich lachend. „Und ich glaube nicht, dass wir so schnell einen Termin bekommen. Eine Woche ist nicht so lange."

Er schaute auf seinen Teller. Dann nahm er ein Stück Speck und kaute darauf herum, während er darüber nachdachte, was ich gesagt hatte. Er runzelte die Stirn und überlegte wahrscheinlich, was er sagen konnte, um mich umzustimmen. „Dann werde ich bei dir bleiben und dir helfen, alles zu erledigen."

Meine Wohnung war ein komplettes Wrack. Krank zu sein – beziehungsweise schwanger – hatte mich zu müde gemacht, um aufzuräumen. Auf keinen Fall wollte ich, dass er das Chaos sah. „Nix, kann ich ehrlich zu dir sein?"

„Natürlich", sagte er und streckte die Hand aus. „Du kannst immer ehrlich zu mir sein, Katana."

„Großartig", seufzte ich, als ich mich darauf vorbereitete, ihm die Wahrheit zu sagen. „Meine Wohnung ist in einem schrecklichen Zustand. Ich will nicht, dass du sie so siehst. Weil mir ständig schlecht war ..."

Er drückte meine Hand, als er mich unterbrach. „Wenn du denkst, dass ich dich wegen des Zustands deiner Wohnung verurteilen werde, liegst du völlig falsch. Lass mich einen Reinigungsservice buchen, um dort sauberzumachen. Lass mich für dich da sein." Er schüttelte den Kopf, bevor er seine Meinung darüber änderte, was er gesagt hatte. „Nein, vergiss das. Ich werde für dich da sein – ob du willst oder nicht. Ich beauftrage einen Reinigungsservice und eine Umzugsfirma, die deine Sachen packt und nach Malibu bringt. Und ich gehe mit dir zu deinem Vermieter, um das Geld zu bezahlen, das du ihm für die Kündigung des Mietvertrags schuldest. Keine Diskussion."

Ich wusste nicht, was ich darüber denken oder sagen sollte. Aber dann öffnete sich mein Mund und heraus kamen Worte, von denen ich keine Ahnung hatte, dass sie kommen würden. „Nein, ich kümmere mich selbst um diese Dinge, Nix. Ich werde in einer Woche bei dir sein. Und ich werde selbst die Summe bezahlen, die ich meinem Vermieter schulde. Danke, aber ich kann das allein schaffen."

Woher ist das gekommen?

15

NIXON

Ich musste zugeben, dass Katana mich verblüfft hatte, als sie meine Hilfe ablehnte. Aber es bestärkte mich in meiner Überzeugung, dass die Frau es nicht auf mein Geld abgesehen hatte – nicht, dass ich das jemals wirklich vermutet hätte. Es war eine Woche her, dass ich sie verlassen hatte, damit sie ihren Umzug vorbereiten konnte, und ich erwartete, dass sie jederzeit auftauchen würde. Die Möbelpacker hatten ihre Sachen schon am Vortag zu mir gebracht, und alles war bereits eingeräumt. Sie würde nach Hause kommen und feststellen, dass sie nichts mehr tun musste. Ich hoffte, sie würde sich darüber freuen.

Bevor ich sie in Portland zurückgelassen hatte, gab ich ihr einen Hausschlüssel und schrieb ihr den Code für die Alarmanlage auf, nur für den Fall, dass ich aus irgendeinem Grund nicht zu Hause war. Aber ich konnte es kaum erwarten, dass sie zu mir kam, also hatte ich früher als sonst Feierabend gemacht.

Als sich die Haustür gegen Mittag öffnete, sprang ich auf und war ganz aufgeregt wegen unseres Neuanfangs. „Hey!"

Mein Gesicht erstarrte und ich blieb genau dort stehen, wo ich war, als ich sah, dass es nicht Katana, sondern Shanna war. „Was zum Teufel machst du so früh an einem Arbeitstag zu Hause?"

Ich hatte niemandem ein Wort über meine Neuigkeiten gesagt. Auch deshalb, weil ich wusste, dass Shanna das, was ich tat, für dumm halten würde.

Ich setzte mich auf das Sofa und sagte: „Ich habe etwas vor. Und was machst du hier? Warum bist du nicht bei der Arbeit?"

„Es ist Freitag. Ich gehe am Freitag immer früher. Und ich komme oft hierher, um auf deiner Terrasse zu liegen und mich nach dem ganzen Stress ein paar Stunden zu erholen." Sie setzte sich mir gegenüber. „Du hast mir einen Schlüssel gegeben und gesagt, dass ich jederzeit vorbeikommen kann."

Das hatte ich tatsächlich getan. Und jetzt bedauerte ich es irgendwie. Wie würde Shanna auf Katana reagieren und umgekehrt?

Ich beugte mich vor, stützte die Ellbogen auf meine Oberschenkel und verschränkte meine Finger, während ich überlegte, wie ich Shanna meine Neuigkeiten mitteilen sollte. Es gab keinen richtigen Weg, ihr davon zu erzählen, also tat ich es einfach. „Okay, du musst etwas wissen. Die Dinge werden sich ändern. Komplett."

Ich sah, wie sich ihre Augen durch den Raum zu dem brandneuen Schaukelstuhl bewegten, den ich für Katana und das Baby gekauft hatte. Sie deutete mit dem Kinn darauf. „Wofür ist der neue Schaukelstuhl, Grandpa?"

Sie hatte mir den perfekten Einstieg eröffnet. „Ich werde Vater, Shanna."

Ihre blauen Augen schossen auf meine, und sie starrte mich mit offenem Mund an. „Nein!"

Ich nickte und lehnte mich zurück. „Die Frau, von der ich dir erzählt habe ... Die Frau, die mich so sehr beschäftigt hat ..."

„Die hirnlose Hure?", keuchte sie.

„Hey!" Ich verengte meine Augen. „Shanna, du bist schon lange meine beste Freundin, aber ich werde dich nicht so über die Mutter meines Kindes reden lassen. Sie ist nicht das, wofür du sie hältst. Sie ist freiberufliche Buchcover-Designerin und eine liebenswürdige Frau. Sie hatte gedacht, alles würde gutgehen, hatte aber vergessen, ihre Antibabypille zu nehmen, bevor wir uns in jener Nacht im Club trafen."

„Sicher", sagte Shanna, während ihre Augen misstrauisch funkelten. „Diese Hure ist vielleicht nicht hirnlos. Sie könnte sehr hinterhältig sein. Als sie in diesen Club voll von reichen Männern ging, wusste sie genau, was sie tat. Du bist ein Idiot, Nixon. Zum Glück hast du mich. Ich werde mich um die geldgierige Schlampe kümmern."

„Du wirst dich um gar nichts kümmern, Shanna. Katana sagt, sie hatte eine verdammt harte Woche hinter sich und einfach vergessen, die Pillen zu nehmen. Ich glaube ihr." Ich stand auf, ging auf und ab und versuchte, mich zu beruhigen. Shanna hatte mich verdammt wütend gemacht, was nicht sehr oft vorkam, besonders nicht bei ihr.

„Nixon, du musst dich den Tatsachen stellen. Sie hat dich benutzt, um schwanger zu werden, damit sie den Rest ihres erbärmlichen Lebens von deinem Geld leben kann." Shanna stand auch auf, kam auf mich zu und packte mich an den Schultern, damit ich stehenblieb. „Du musst einen DNA-Test machen, sobald das Kind geboren ist. Wenn es von dir ist, solltest du dir das Sorgerecht sichern und die Frau auf die Straße setzen. Ich werde dir helfen, das Kind großzuziehen, und du weißt, dass deine Eltern alles stehen und liegen lassen würden, um dich zu unterstützen. Lass dich von dieser Schlampe nicht noch mehr ausnehmen."

Als ich dastand und in die Augen dieser Frau sah, der ich immer vertraut hatte, wusste ich nicht, was ich denken sollte. Was, wenn sie recht hatte?

Ich kannte Katana Reeves überhaupt nicht. Ich wusste so wenig über sie, und doch hatte ich ihr gegenüber bereits eine große Verpflichtung übernommen. Shanna könnte mit allem recht haben. Aber was konnte ich jetzt tun?

„Sie kommt heute hierher. Ich habe sie gebeten, bei mir zu wohnen", platzte ich heraus.

Shanna ließ mich los, drehte sich um und schlug sich auf die Stirn. „Scheiße! Ist das dein Ernst? Warum zur Hölle solltest du etwas so verdammt Drastisches machen, Nixon?"

„Ich will das Richtige tun. Du kennst sie gar nicht. Sie ist nicht so, wie du denkst. Wenn sie mein Geld wollte, hätte sie mich alles tun lassen, was ich für sie tun wollte. Sie hat mich keinen Cent ausgeben lassen, um sie hierher zu bringen. Sie hat angeboten, nach ihrem Einzug die Hälfte der Rechnungen zu bezahlen, was ich natürlich abgelehnt habe."

Shanna drehte sich mit einem schrecklichen Stirnrunzeln um. „Nixon, bitte sag mir, dass du das alles durchschauen kannst. Warum sollte sie nicht die Kosten für den Umzug übernehmen? Am Ende wird sie reich sein – weil du ein Idiot bist."

Ich konnte einfach nicht glauben, dass Katana so war. „Sie war noch nie zuvor in jenem Club gewesen. Sie ist bei Pflegeeltern aufgewachsen und hat keine Familie mehr. Ich konnte sie nicht alleinlassen, während sie mit meinem Baby schwanger ist. Ihr war ständig übel ..."

„Hat sie das behauptet?", fragte Shanna und stemmte ihre Hände auf ihre schmalen Hüften. „Leute können lügen, weißt du."

„Sie hat abgenommen – mindestens zehn Pfund in sehr kurzer Zeit. Sie lügt nicht. Ich möchte an der Schwangerschaft teilhaben Ob du das verstehst oder nicht, spielt keine Rolle. Ich lasse sie bei mir wohnen und wir werden das Kind zusammen großziehen."

„Willst du damit sagen, dass du sie heiraten willst?", fragte sie und blies ihren blonden Pony aus ihren Augen.

„Das habe ich nicht gesagt. Wir sind nicht ineinander verliebt. Wir waren nur zweimal zusammen. Es wäre wahnsinnig, sie zu bitten, mich zu heiraten, oder?", fragte ich, obwohl mir die Idee, unsere Verbindung offiziell zu machen, nicht aus dem Kopf ging. In der letzten Woche hatte ich noch mehr über sie nachgedacht als vor ihren Neuigkeiten. Ich stellte mir immer wieder ihr schönes Gesicht vor, hörte ihre zarte Stimme und vermisste sie noch mehr als sonst.

„Diese ganze Sache ist verrückt, also ja", antwortete sie. „Sie zu bitten, dich zu heiraten, wäre ein großer Fehler."

Ich setzte mich und legte meinen Kopf in meine Hände. Shannas Reaktion war der Grund, warum ich keiner Seele erzählt hatte, was ich mit Katana tat. Ohne den Input anderer Leute hatte ich meine Entscheidungen ziemlich leicht getroffen. Aber jetzt zweifelte ich an allem.

„Ich vermisse sie, Shanna. Du weißt, dass ich sie schon zuvor vermisst habe." Ich beschloss, meiner besten Freundin etwas zu gestehen. Vielleicht war es falsch gewesen, so viel vor ihr zu verbergen. Vielleicht hatte sie diese unnachgiebige Position eingenommen, weil sie nicht alles verstand. „Als wir aus Texas zurückkamen, hatte ich bereits entschieden, dass ich wieder in den Jet steigen und nach Portland fliegen würde, um sie zu finden. Aber sie hat mich angerufen, bevor ich mich auf den Weg gemacht habe. Als wir uns in meinem Hotel trafen, konnten wir die Hände nicht voneinander lassen und landeten im Bett, bevor sie mir überhaupt etwas erzählen konnte."

Shanna sah fassungslos aus. „Das hast du vor mir verheimlicht? Warum?"

„Ich wusste, dass du versuchen würdest, mich aufzuhalten." Ich sah sie an und hoffte, dass sie verstand, was ich wirklich für Katana empfand. „Ich wollte Bianca in jener Nacht nicht in die Bar begleiten, weil ich Katana im Kopf hatte. Ich habe sie im Kopf, seit ich sie an jenem ersten Tag verlassen habe. Ich habe keine Ahnung, ob sie sich jemals in mich verlieben wird, aber ich kann dir eines sagen – ich bin schon dabei, mich in sie zu verlieben. Aber ich werde sie nicht drängen. Ich will nicht, dass sie das Gefühl hat, dass sie mich lieben muss, damit am Leben des Babys teilhabe."

„Tja, Scheiße, Alter." Sie schüttelte den Kopf.

Ihre Worte fassten die Situation ziemlich gut zusammen.

16

KATANA

Als ich den Hügel hinauf zu der Adresse fuhr, die Nix mir gegeben hatte, sagte mir mein GPS, das nächste Haus sei mein Ziel. Jemand kam aus der Haustür, eine große, schlanke, hübsche Blondine – und sie sah nicht allzu glücklich aus, als sie in ihr Auto stieg und in die entgegengesetzte Richtung davonraste.

Als ich in die Einfahrt einbog, die sie gerade verlassen hatte, war Eifersucht in meinem Herzen. *Vielleicht ist sie nur die Haushälterin.*

Ich schüttelte die negative Emotion ab und machte mich bereit, mich in mein neues Zuhause zu begeben. Ich hatte keine großen Hoffnungen, für immer in Nixons Haus zu bleiben. Auch wenn seine Absichten gut waren, nahm ich an, dass er irgendwann in der Zukunft eine Frau finden würde, die gut für ihn war – jemanden, der im Gegensatz zu mir eindeutig in seiner Liga spielte.

Ich stieg aus dem Auto und schnappte mir meine Handtasche und die Reisetasche, die ich für meinen kurzen Aufenthalt in einem Motel in Portland gepackt hatte. Ich hatte dort übernachtet, nachdem ich sichergestellt hatte, dass die Möbelpacker alles aus meiner alten Wohnung mitgenommen hatten. Sie waren sofort losgefahren, um meine Sachen noch vor meiner Ankunft zu Nixon zu bringen. Jetzt musste ich reingehen und all die Umzugskartons auspacken.

An der Tür gab ich den Code der Alarmanlage ein, bevor ich mit dem Schlüssel die Tür öffnete, genau wie Nix es mir gesagt hatte. Aber ich dachte, es wäre vielleicht am besten zu klingeln, nur für den Fall, dass er zu Hause war, was ich von hier draußen nicht wissen konnte, da seine Garage geschlossen war.

Als sich die Tür öffnete, sah ich Nixons hübsches Gesicht. „Hey, warum hast du geklingelt? Ich habe dir gesagt, dass du einfach reinkommen sollst." Er verschwendete keine Zeit, zog mich hinein und umarmte mich. „Ich habe dich vermisst."

Seine Arme um mich bewirkten das Gleiche wie immer – ich wurde feucht und sehnte mich nach ihm. Als er die Tür schloss und mich dagegen presste, hatte ich das Gefühl, dass sein Körper so stark reagierte wie meiner auch.

Er sah mich mit hungrigen Augen an und ich fuhr mit den Händen über sein bärtiges Gesicht. „Dein Bart ist gewachsen. Du siehst gefährlich aus."

Er beugte sich zu mir herab und küsste mich sanft. „Gut, genau das wollte ich erreichen. Hast du mich vermisst?"

Jeden wachen Moment.

Ich wollte nicht so weit gehen. Es war nie meine Absicht gewesen, ihm das Gefühl zu geben, dass ich mehr wollte, als er mir geben konnte. „Vielleicht."

Seine Hände bewegten sich über meine Arme, als er die harte Wölbung in seiner Hose gegen mich drückte. „Du hast diese verrückte Wirkung auf mich."

Ich lachte, hörte aber auf, als ich jemanden in der Küche hörte. „Ist jemand hier?"

„Ja, meine Haushälterin." Er küsste mich wieder. „Verdammt, ich denke, ich sollte dich ihr vorstellen."

Also war die Frau, die ich gesehen habe, nicht die Haushälterin ... Wer war sie dann?

Ich behielt meine Gedanken für mich. „Ja, du solltest uns vorstellen. Danach muss ich aber an die Arbeit gehen und meine Sachen wegräumen.“

„Nicht nötig, ich habe mich schon darum gekümmert“, sagte er, bewegte sich zur Seite und legte seinen Arm um meine Schultern.

„Du hast alles auspacken und verstauen lassen? Schon?“ Ich war gleichzeitig schockiert, erstaunt und dankbar.

„Ja, die Möbelpacker haben alles hergebracht, und meine Haushälterin und ihr Sohn haben den Rest erledigt. Ich hoffe, es macht dir nichts aus.“ Er blieb stehen und deutete auf einen Schaukelstuhl, der neben den Glastüren stand, die nach draußen zu einer wunderschönen Holzterrasse führten. „Ich habe ihn gestern gekauft. Gefällt er dir?“

Der hölzerne Schaukelstuhl war weiß getüncht, so dass er rustikal aussah. „Er ist wunderschön. Das ist wirklich nett von dir.“

Er zuckte mit den Schultern und zog mich mit sich. „Ich weiß nicht, was plötzlich in mich gefahren ist.“ Als wir in die Küche traten, landeten meine Augen auf einer Frau mittleren Alters, die ein wenig rot im Gesicht war, weil sie das Innere eines Schranks gereinigt hatte. „Mona Black, ich möchte, dass Sie die Dame des Hauses, Katana Reeves, kennenlernen.“

Sie wischte sich die Hände an ihrer weißen Schürze ab und machte sich auf den Weg zu mir. „Es ist mir ein Vergnügen, Sie kennenzulernen, Ma‘am.“ Ich schüttelte ihre Hand und bemerkte ihr freundliches Lächeln. „Mr. Slaughter hat mir Ihre guten Neuigkeiten erzählt. Herzlichen Glückwunsch.“

Ich sah Nix an und fragte mich, warum um alles in der Welt diese Frau, die deutlich älter war als er, eine so förmliche Anrede für ihn benutzte. Was auch immer seine Vorliebe war, ich wollte nicht Ma‘am oder Miss Reeves genannt werden. „Danke. Es freut mich, Sie kennenzulernen. Und nennen Sie mich bitte Katana.“

„Das werde ich.“ Sie ging zurück zu dem, was sie vorher getan hatte, und redete dabei weiter. „Ich habe heute gebratenes Hühnchen mit Spargel und Wildreis zum Abendessen geplant. Ist das in Ordnung, Katana?“

Ich sah Nix an, der mich anlächelte und mir dann zuzwinkerte. „Sie arbeitet auch für dich, Katana."

Ich war nicht sicher, ob ich das mochte, und antwortete: „Alles, was Sie machen, ist mir recht. Machen Sie alles so, wie bisher auch. Ich brauche keine Sonderbehandlung."

„Zögern Sie nicht, mich wissen zu lassen, wenn Sie etwas Besonderes möchten, Katana. Dafür werde ich schließlich bezahlt – ich kümmere mich um Sie beide." Sie ging wieder an die Arbeit, als Nixon mich aus der Küche zog.

„Lass mich dich herumführen." Er zeigte auf die Glastüren. „Das ist die Terrasse. Es gibt eine Treppe, die hinunter zum Strand führt." Er nahm meine Hand in seine und führte mich durch das große Wohnzimmer. „Auf der anderen Seite der Küche ist ein formeller Speisesaal, den ich selten benutze." Er deutete auf eine Tür unter der Treppe. „Das ist ein Schrank, wo Dinge aufbewahrt werden. Daneben ist das Zimmer, das wir als Gästezimmer nutzen können." Dann gingen wir die Treppe hoch und er deutete auf das Zimmer am Ende des langen Flurs. „Das ist mein Schlafzimmer da hinten. Die Tür auf der linken Seite führt zum Zimmer des Babys, und die auf der rechten Seite zu deinem Zimmer. Du hast Zugang zu einem Balkon, den wir uns teilen."

„Dieses Haus ist wunderschön, Nix. Ich kann nicht glauben, dass ich es für eine Weile mein Zuhause nennen kann", schwärmte ich. Dann dachte ich an die Haushälterin, die wir in der Küche zurückgelassen hatten. Ich sah ihn an, während ich meine Hand auf seine Brust legte. „Jetzt, da ich hier bin, kann ich bei den täglichen Aufgaben helfen. Ich kann unsere Kleider waschen und unsere Schlafzimmer und Badezimmer sauber halten. Wenn du mich nicht bezahlen lassen willst, möchte ich wenigstens im Haus helfen."

Er lachte. „Auf keinen Fall. Ich bezahle die Haushälterin dafür, diese Arbeit zu machen. Du würdest nicht wollen, dass Mona ihren Job verliert, oder?" Er zog mich mit sich und öffnete die Tür zu meinem neuen Schlafzimmer. „Was denkst du? Du kannst verändern, was du möchtest."

„Es ist perfekt, so wie es ist", sagte ich, als ich mir die wunderschönen Möbel ansah. Das Bett, ein kleiner Schreibtisch und die Nachttische waren alle aus Kirschholz. An der Wand hing ein sehr großer Flachbildfernseher, der es leicht machte, vom Bett aus fernzusehen – was ich tun konnte, wenn ich nicht gerade aus dem Fenster blickte, um die perfekte Aussicht auf das blaue Wasser des Pazifischen Ozeans zu genießen. „Das ist mehr, als ich jemals erwartet habe."

Nixons Hand wanderte in seine Tasche und kam mit etwas zurück, das wie eine Kreditkarte aussah. „Das ist für dich. Ich möchte, dass du dir alles kaufst, was du willst oder brauchst."

Ich schüttelte den Kopf, während ich protestierend die Hände hochhielt. „Nix, das kann ich nicht annehmen. Ich habe mein eigenes Geld."

Er umfasste meine rechte Hand und legte die Karte in meine Handfläche. „Nimm sie. Ich weiß, dass du dein eigenes Geld hast, aber ich möchte, dass du Zugang zu mehr hast. Nimm sie einfach und kämpfe nicht gegen mich. Bitte."

Ich würde tun, was er wollte, aber ich hatte nicht vor, die Kreditkarte jemals zu benutzen.

Ich legte meine Taschen auf das Bett. „Danke, Nix. Danke für alles."

Er nahm meine Hände und küsste sie. „Danke, Katana Reeves. Ich kann ehrlich sagen, dass ich mich nie mehr zu Hause gefühlt habe als hier bei dir. Du und ich werden ein glückliches Zuhause für unser Kind schaffen, das kann ich jetzt schon sagen."

„Welches Kind wäre hier nicht glücklich?", fragte ich, als ich mich im Raum umsah.

„Ich meine, glücklich bei uns. Dir und mir", erklärte er. Dann küsste er mich und zog mich näher an sich. Seine Hände bewegten sich über meinen Rücken und hinunter zu meinem Hintern.

Ich stöhnte und verschmolz mit ihm. Das war nicht das, was ich erwartet hatte, aber ich war glücklich darüber, dass er mich wollte. Ich wollte ihn auch. Aber mit dem Sex gingen wir das Risiko ein, dass uns Gefühle dabei in die Quere kommen könnten, dieses Arrangement für unser Baby funktionieren zu lassen.

Als er meine Lippen freigab, fragte ich: „Nix, ist das, was wir tun, klug? Ich meine, ich liebe Sex mit dir – aber sollten wir das wirklich machen?"

Sein Seufzer war lang und seine Augenwinkel senkten sich ein wenig. „Willst du es nicht mehr?"

Ich wollte es. Ich wollte es so sehr. Aber ich wusste nicht, ob es ratsam war, weiterhin Dinge zu tun, die andere Paare tun würden. Ich biss mir auf die Unterlippe und sagte schließlich: „Ich will dir keine Beziehung aufzwingen. Wenn wir Sex haben, wird das nicht folgenlos bleiben – zumindest für mich. Ich kann meine Gefühle für dich nicht davon abhalten, sich zu entwickeln, wenn wir so weitermachen wie bisher."

Er ließ mich los, wandte sich von mir ab und rieb sich den Kopf. „Ich will dich, Katana." Er drehte sich wieder um. „Willst du mich auch?"

Ich nickte. „Aber ich denke nicht, dass es klug ist."

„Dann ist Sex vom Tisch?"

Ist er das?

17

NIXON

Katanas Augen starrten ein Loch in den Boden. Sie sah so aus, als wäre Sex tatsächlich vom Tisch. Also musste ich etwas unternehmen. Ich umfasste ihr Kinn und zwang sie, mich anzusehen. „Hey. Wir haben eine ziemlich erstaunliche Chemie. Warum versuchen wir so zu tun, als wäre das nicht so?"

Die Sorge in ihren blauen Augen wurde deutlicher. „Ich habe einfach Angst ..."

Ich küsste ihre vollen roten Lippen federleicht. „Das kann ich sehen. Hab keine Angst vor irgendetwas, Katana. Lass uns einfach tun, was wir wollen. Wir dürfen nicht zulassen, dass die Angst vor dem, was passieren könnte, uns die Chance verwehrt, mit dem, was wir jetzt haben, glücklich zu sein."

„Was genau ist das?", fragte sie, bevor sie ihre Hände auf meine Schultern legte. „Ich meine, was sind wir, Nix?"

„Zwei Menschen, die sich extrem zueinander hingezogen fühlen, aber einen ungewöhnlichen Start hatten. Wir bekommen ein Baby, noch während wir uns gegenseitig kennenlernen und sehen, was die Zukunft für uns bereithält." Ich küsste sie wieder zärtlich.

Als sich unsere Lippen trennten, liebte ich das Lächeln, das sich über ihr Gesicht zog. „Okay. Ich denke, damit kann ich umgehen."

Ihre langen, dunklen Wimpern flatterten, als Röte ihre Wangen bedeckte. „Ich muss dich noch etwas fragen."

„Nur zu", sagte ich und küsste dann die Spitze ihrer hinreißenden Nase. „Wenn wir eine Tochter haben, hoffe ich, dass sie deine niedliche kleine Nase hat."

Sie kicherte und die Röte wurde ein wenig tiefer. „Du bist so süß, Nix. Da ich mit deinem Kind schwanger bin, habe ich keine Absicht, mit anderen Männern ... zusammen zu sein." Sie schaute mich an und ich sah Unsicherheit in ihren Augen. „Was ist mit dir?"

„Ich auch nicht, aber andererseits war ich auch noch nie mit irgendwelchen Männern zusammen." Ich grinste und sie schlug mir leicht auf die Brust.

„Du weißt, was ich meine", sagte sie mit einem finsteren Blick auf ihrem hübschen Gesicht. „Wirst du aufhören, andere Frauen zu daten?"

Oh Junge, das hier ist verdammt schnell verdammt ernst geworden.

Würde ich keine anderen Frauen mehr daten? War ich dazu bereit? Ich kannte Katana nicht wirklich gut. Was, wenn es Dinge an ihr gab, die einfach nicht zu mir passten?

Sie könnte unangenehme Angewohnheiten haben, denen ich einfach nicht gewachsen war. Ich meine, wer wusste, ob wir uns wirklich verstehen würden?

Aber als ich ihr in die Augen blickte, sagte ich mir, dass ich darauf verzichten sollte, andere Frauen zu daten, bis ich sicher wusste, dass sie und ich nicht kompatibel waren. „Ich denke, ich kann mich mit dir zufriedengeben. Wir müssen diese Vereinbarung nicht in Stein meißeln. Wir sollten viel mehr voneinander wissen, bevor wir uns entscheiden, ob wir eine richtige Beziehung miteinander eingehen wollen. Aber vorerst werde ich mich von anderen Frauen fernhalten und du hältst dich von anderen Männern fern."

Sie atmete tief durch. „Gut."

Dann küsste sie mich und es war pure Glückseligkeit. Es war das Natürlichste der Welt, mit ihr zusammen zu sein. Aber als wir uns weiterküssten und mein Schwanz hart wurde, hörte ich ihren Bauch knurren und beendete den Kuss – wenn ich jetzt nicht aufhörte, wusste ich, dass wir im Bett landen würden. „Du bist hungrig.“

„Nicht so hungrig, dass wir aufhören müssen“, protestierte sie.

Ich sah das anders. Ich nahm ihre Hand und führte sie durch die Schlafzimmertür. „Ich besorge dir etwas zu essen. Ich lasse Mona ein Sandwich für dich machen, damit du nicht bis zum Abendessen verhungerst.“

Sie blieb stehen und jammerte: „Wirklich, Nix, ich kann auf das Abendessen warten. Ich bin nicht *so* hungrig. Mein Bauch hat einfach angefangen zu knurren – ich habe keine Ahnung, warum das so ist.“

Ich musste lachen. War sie wirklich so ahnungslos? „Baby, ein kleiner Mensch wächst in dir heran. Du musst viel mehr essen, damit unser Kind gesund bleibt.“

Als ich sie direkt in die Küche brachte, sah ich Mona nirgendwo und dachte, sie wäre anderswo beschäftigt. Also führte ich Katana zu einem Stuhl und ging zum Kühlschrank, um ihr selbst ein Sandwich zu machen. „Schinken?“, fragte ich.

„Ich hasse Schinken. Hast du Truthahn?“, entgegnete sie und versuchte aufzustehen. „Ich kann mir mein Sandwich selbst machen, Nix.“

Ich drehte mich um und legte meine Hände auf ihre Schultern. „Verstanden. Also Truthahn und Käse?“, fragte ich, als ich im Kühlschrank aufgeschnittenen Schweizer Käse fand.

„Klingt gut. Danke“, sagte sie, zog ihr Handy hervor und überprüfte ihre Social-Media-Profile, während ich mich an die Arbeit machte.

Der Piepton der Alarmanlage ließ mich wissen, dass sie wieder deaktiviert wurde, und mein Magen verengte sich. Ich wusste, dass nur vier Leute den Code für mein Sicherheitssystem hatten, und drei von ihnen waren schon im Haus.

„Das muss Shanna sein“, sagte ich zu Katana und beobachtete, wie ihre Augen sich weiteten.

„Shanna? Wer ist das?“, fragte sie.

Shanna kam in die Küche, bevor ich antworten konnte. „Ich bin

Shanna, Nixons beste Freundin. Du musst die Frau sein, die sagt, dass sie von ihm schwanger ist."

Katana stand auf und streckte ihre Hand in einer höflichen Geste aus, aber Shanna schüttelte sie nicht. „Ich bin Katana Reeves. Es ist mir ein Vergnügen, dich kennenzulernen, Shanna." Als Shanna einige Sekunden lang Katanas Hand anstarrte, zog Katana sie zurück und setzte sich wieder.

Shanna tat das Gleiche und setzte sich ihr gegenüber an den kleinen Tisch. Ich hasste, wie sie Katana beäugte, und ging dazwischen, indem ich den Teller mit dem Sandwich und den Chips vor Katana hinstellte. „Ich denke, Milch wäre das beste Getränk für dich." Ich drehte mich um, um nach einem Glas zu greifen, und fragte mich, ob sie Allergien hatte. Ich legte meine Hand auf ihre Schulter. „Warte, bist du laktoseintolerant oder hast du irgendwelche Allergien, von denen ich wissen sollte?"

„Nein, soweit ich weiß, bin ich allergiefrei und vertrage Milchprodukte. Danke, Nix", sagte Katana und biss dann in ihr Sandwich, während Shanna sie anstarrte. Ich bewunderte Katana heimlich – sie schien sich von Shanna nicht im Geringsten eingeschüchtert zu fühlen.

Aber dann erinnerte ich mich daran, dass Katana in einem Waisenhaus und dann in einer Pflegefamilie gewesen war. Wahrscheinlich musste sie schon sehr früh lernen, wie man mit Arschlöchern umging – und meine beste Freundin verhielt sich eindeutig wie eines.

Nachdem ich das Glas Milch auf den Tisch gestellt hatte, setzte ich mich und zog meinen Stuhl näher an Katana als an Shanna. „Also, was hat dich hierhergebracht, Shanna?"

„Ich wollte sie kennenlernen", antwortete sie. „Was ist der Deal bei euch beiden?"

„Was meinst du?", fragte Katana und wischte sich den Mund mit der Serviette, die ich ihr gegeben hatte, ab.

„Glaubst du, dass du hier reinkommen und das Leben meines besten Freundes übernehmen kannst?" Shanna tippte mit dem Fuß auf den Boden, während sie Katana finster ansah.

Ich hatte genug. „Shanna, hör auf."

Shannas helle Augenbrauen hoben sich und sie sah entsetzt aus. „Nixon, jemand muss auf dich aufpassen. Ich werde nicht zulassen, dass irgendeine geldgierige Schlampe ..."

Ich stand auf und packte sie am Arm. „Ich werde dich in meinem Haus nicht so sprechen lassen, Shanna." Ich riss sie hoch und zog sie zur Tür.

Aber Katana hielt mich auf. „Es ist okay, Nix. Sie kann mich fragen, was sie will. Du bedeutest ihr viel. Deshalb ist sie jetzt wütend – das verstehe ich. Bitte lass sie sich wieder hinsetzen, damit wir uns kennenlernen können. Wenn sie deine beste Freundin ist, dann ist sie dir sehr wichtig und wird auch für unser Baby wichtig sein."

Ich ließ Shannas Arm los und wackelte mit meinem Finger vor ihrem Gesicht herum. „Keine Beleidigungen mehr. Du hast Glück, dass sie so nett ist, Shanna, oder du wärst rausgeflogen. Benimm dich. Sie ist die Mutter meines Kindes. Mein Fleisch und Blut. Das hat Vorrang vor allem anderen. Ich will dich nicht aus meinem Leben ausschließen müssen."

Shanna wurde blass. Ich nehme an, sie hätte nie gedacht, dass ich das jemals in Betracht ziehen könnte. „Nixon?"

Ich nickte und nahm wieder Platz. „Es ist mir todernst. Sei freundlich."

Shanna nahm Platz und sah entschuldigend aus. „Nun, bei dir scheint sich sein Beschützerinstinkt zu regen, Katana. Es tut mir leid. Ich kenne diesen Mann, seit wir kleine Kinder waren. Er und ich waren während unserer gesamten Schulzeit in denselben Klassen. Ich wohnte drei Häuser von ihm entfernt und wir gingen 13 Jahre lang jeden Tag zusammen zur Schule. Er hat meine idiotischen Freunde verprügelt, wenn sie mich verletzt haben, und ich durfte mich an seiner Schulter über sie ausweinen. Er ist ein ganz besonderer Mann und ich kann mich glücklich schätzen, ihn einen Freund nennen zu können, geschweige denn meinen besten Freund."

Katana aß ihr Sandwich auf und trank dann einen langen Schluck von ihrer Milch, bevor sie sprach. „Tut mir leid, ich habe nicht bemerkt, wie hungrig ich war, bis ich den ersten Bissen probiert hatte." Sie tätschelte mein Bein unter dem Tisch. „Danke, Nix." Dann wandte sie sich Shanna zu. „Ich finde es bewundernswert, dass du auf Nix aufpassen willst. Er hat Glück, eine Freundin wie dich zu haben. Ich möchte aber eines klarstellen. Ich bin keine geldgierige Schlampe."

„Das ist sie nicht", stimmte ich ihr zu. „Das habe ich dir schon gesagt."

Katana lächelte mich an und fuhr mit der Hand über meine bärtige Wange. „Ach, bist du schon einmal für mich eingestanden? Das ist so süß von dir."

„Ja, er ist ein echter Schatz", sagte Shanna und schüttelte dann den Kopf. „Nein. Zumindest nicht normalerweise." Sie kniff die Augen zusammen und sah aus, als würde sie versuchen, ein Rätsel zu lösen. „Ich glaube nicht, dass ich jemals in meinem Leben gesehen habe, wie du dich so um jemanden gekümmert hast, Nixon. Und ich habe ihn noch nie so gesehen, wie er dich anschaut, Katana. Aber ich warne euch beide: Ihr kennt euch nicht. Versucht, langsamer zu machen und nicht alles noch mehr zu übereilen."

Aber ich hatte das Gefühl, dass das Leben uns wie ein wilder Fluss mitriss – mit atemberaubender Geschwindigkeit.

18

KATANA

Nach einigen Tagen fühlte ich mich ruhiger. Nix und ich hatten einen Gynäkologen ausgesucht und einen Termin für den späten Nachmittag vereinbart. Ich war so nervös, dass ich mich mehrmals übergab, bevor er um drei Uhr kam, um mich abzuholen.

Er hielt meine Hand zwischen den Autositzen auf der Konsole und sein Daumen strich über meine Handfläche. „Du siehst hübsch aus in diesem rosa Kleid." Er zog meine Hand hoch und küsste sie. „Heißt das, dass du auf ein Mädchen hoffst?"

Ich schüttelte den Kopf. „Ich hoffe auf ein gesundes Baby – sein Geschlecht ist mir egal." Ich schaute aus dem Fenster. „Ich weiß nicht einmal, wie ich mich um ein Kind kümmern soll."

Nix hatte mir gesagt, dass er seiner Familie von uns erzählen wollte, sobald die Schwangerschaft die kritische Dreimonatsmarke überschritten hatte.

„Du weißt, dass ich dir gesagt habe, dass meine Mutter dir bei allem helfen wird. Ich möchte nicht, dass du dir darüber Sorgen machst – du wirst eine großartige Mutter sein. Ich weiß es einfach." Er küsste wieder meine Hand und ich konnte nicht anders als zu lächeln.

Ich weiß nicht, wie er es schaffte, dass ich mich allein durch seine Gegenwart besser fühlte. „Und ich weiß, dass du ein großartiger Vater sein wirst."

„Ich werde es versuchen." Er grinste. „Ich musste vor einiger Zeit meine Mutter anlügen."

„Warum?", fragte ich überrascht, dass er wegen irgendetwas lügen musste.

„Sie wollte, dass ich an Weihnachten zu ihr komme, und ich sagte ihr, dass ich schon mit meinen Geschäftspartnern Pläne gemacht habe und deshalb dieses Jahr nicht kommen kann." Er schüttelte den Kopf. „Ich lüge nicht oft. Es fühlte sich ziemlich unnatürlich an, es zu tun, aber ich möchte nicht zu bald mit unseren Neuigkeiten herausplatzen."

Beim Gedanken daran, das Baby zu verlieren, rumorte mein Magen. Ich sah eine Ampel vor mir und betete, dass er sie erreichen würde, bevor ich die Tür öffnen und erbrechen musste. Ich konnte nicht einmal ein Wort sagen, da ich befürchtete, direkt in sein teures Auto zu kotzen.

Als Nix vor der Ampel anhielt, öffnete ich die Tür und ließ alles heraus. „Baby?", rief er.

Es dauerte nicht lange, das Wenige in meinem Bauch loszuwerden, und ich schloss die Tür und lehnte meinen Kopf wieder an die Nackenstütze. „Gott, ich hasse das."

Er reichte mir ein Taschentuch, während er den Kopf schüttelte. „Verdammt, ich hasse, dass du das durchmachen musst."

Als wir in der Arztpraxis ankamen, flatterten die Schmetterlinge in meinem Bauch wilder denn je und ich musste mich an Nix festhalten. Ich hatte mich noch nie in meinem Leben bei jemandem angelehnt. Es fühlte sich merkwürdig an – und sogar ein bisschen gefährlich – aber ich konnte nicht anders.

Das Wartezimmer war voll von werdenden Müttern in verschiedenen Stadien der Schwangerschaft. Ein paar kleine Kinder spielten in einer Ecke, und ich sah nur eine Handvoll Väter bei den Frauen. Ich drückte Nix' Arm, den er um mich gelegt hatte. „Danke, Nix."

„Wofür?", fragte er, als er mich angrinste.

„Dafür, dass du hier bist. Bei mir." Ich küsste seine Wange. „Du bist mein Fels in der Brandung."

Er erwiderte meinen Kuss. „Das bin ich. Und ich würde diesen Termin für nichts auf der Welt verpassen wollen."

Als mein Name aufgerufen wurde, standen wir auf. Er schlang seinen Arm um mich und stützte mich, und ich wusste, dass er meinen Körper zittern spürte. „Ich habe solche Angst."

„Dafür gibt es keinen Grund. Dir wird nichts Schlimmes passieren. Komm schon, sei mutig. Für unser Baby." Er küsste meine Wange noch einmal und wir gingen hinein.

Der Arzt war ein Mann Ende 50. Er ging im Flur an uns vorbei und blieb stehen, um sich vorzustellen. „Sie sind neu." Er streckte seine Hand aus und wir schüttelten sie nacheinander. „Ich bin Doktor Sheffield."

Nix übernahm die Führung. „Ich bin Nixon Slaughter und das ist Katana Reeves."

„Es freut mich, Sie beide kennenzulernen. Ich komme gleich zu Ihnen. Er ging davon und wir folgten einer Krankenschwester.

„Er scheint nett zu sein", sagte ich und fühlte mich ein bisschen erleichtert.

„Ich bin sicher, dass er nett ist. Er hat sehr gute Bewertungen. Ich denke, wir haben den richtigen Arzt für den Job ausgewählt, Baby." Er lächelte mich zuversichtlich an und ich musste ebenfalls lächeln.

Ich wurde gewogen und musste Urin- und Blutproben abgeben. Danach wurde mir eine Patientenrobe ausgehändigt und ich wurde mit Nix in einen Raum geschickt, um auf den Arzt zu warten.

Ich zog mich hinter einem kleinen Vorhang aus, während Nix die Poster an den Wänden betrachtete, die die Stadien eines sich entwickelnden Fötus zeigten. „Heute ist der 12. Dezember", sagte er, während ich mich umzog. „Du bist in der sechsten Woche. Das bedeutet, dass wir laut dieser Tabelle den Herzschlag des Babys hören können."

In der wenig schmeichelhaften Robe trat ich heraus und schaute auf den Untersuchungstisch, auf den ich klettern musste. Dann spürte ich

Hände an meiner Taille und drehte mich um. Nix hob mich hoch und legte mich auf den Tisch. „Danke." Ich konnte nichts gegen das Lächeln auf meinem Gesicht tun. Der Mann war einfach zu gut, um wahr zu sein.

„Du siehst bezaubernd aus. Kann ich ein Foto von dir machen? Ich schwöre, ich werde es nirgendwo posten. Ich will nur alles dokumentieren." Er zog sein Handy aus der Jackentasche und legte den Kopf schief, während er auf meine Zustimmung wartete.

„Schwörst du, dass du mich in diesem dummen Ding gut aussehen lässt?", fragte ich.

Er nickte. „Du wirst wie ein Pinup-Girl aussehen, versprochen."

Mit einem Nicken gab ich ihm die Erlaubnis und er machte eine Menge Bilder von mir und uns beiden zusammen. Er brachte mich zum Lachen und ich fühlte mich schon viel weniger nervös.

Als Doktor Sheffield hereinkam, hatte er ein breites Grinsen auf seinem Gesicht. Er fuhr mit einer Hand durch sein ergrautes Haar, als er zu uns kam. „Es freut mich, dass Sie beide Spaß haben. Es ist schön zu sehen, dass Menschen es feiern, ein neues Leben in die Welt bringen." Er öffnete die Akte mit all meinen Informationen. „Hier steht, dass Sie sich über das Datum der Empfängnis sicher sind. Sie hatten offenbar viel Spaß an Halloween." Er grinste uns wissend an.

„Den hatten wir", bestätigte Nixon. „Also, wann werden wir unser Baby zu sehen bekommen, Doc?"

„Wenn alles gutgeht, werden Sie Ihr Baby am 24. Juli in die Arme schließen können. Wie klingt das?" Der Arzt ging zu einem Schrank, um sich Handschuhe überzuziehen.

Mein Herz begann schneller zu schlagen. Ich wusste, was die Handschuhe bedeuteten, und war nicht wirklich scharf darauf, dass Nix dabei war, während der Arzt mich untersuchte. Aber ich vermutete, dass ich mich daran gewöhnen musste. Nix schien an jedem Aspekt der Schwangerschaft beteiligt sein zu wollen – jedenfalls soweit das möglich war.

Ich musste einen aufgeregten Ausdruck auf meinem Gesicht gehabt haben, da der Arzt kam und mich sanft zurückdrängte. Nix nahm den Platz zu meiner Rechten ein, hielt meine Hand und lächelte mich beruhigend an. „Das wird schon, Baby."

Ich nickte, fühlte mich aber nicht wohl, als der Arzt meine Füße in die Steigbügel legte. Dann schob er etwas Kaltes in mich hinein, als er sagte: „Wir machen erst einen Abstrich, dann werde ich einen transvaginalen Ultraschall machen und herausfinden, ob wir einen Herzschlag hören können."

Mein ganzer Körper spannte sich an, als er an die Arbeit ging.

„Fast fertig, Katana", versicherte mir der Arzt.

Als ich Nix ansah, bemerkte ich, dass er nicht einmal atmete, während er auf den Kopf des Arztes starrte. Er war auch nervös. Er sagte kein Wort, aber ich konnte seine Körpersprache lesen. Die ganze Zeit schien seine einzige Mission zu sein, sein Bestes zu geben, um mich zu beruhigen.

Ich hatte Glück, den besten Baby-Daddy auf der ganzen Welt zu bekommen. Ich hatte keine Ahnung, was ich getan hatte, um das alles zu verdienen. Aber ich war dankbar dafür. Ich drückte seine Hand und er sah mich an. „Danke, dass du für mich da bist."

Er nickte. „Danke, dass du mich dabei sein lässt." Er beugte sich vor und küsste meine Stirn.

Der Arzt beendete die unangenehme Prozedur und schob etwas anderes in mich hinein, bevor er einen Schalter neben einem kleinen Bildschirm zu seiner Linken drückte. Wir konnten den Bildschirm auch sehen, aber ich hatte keine Ahnung, was wir darauf sahen.

Er bewegte das Ding in mir, während er nach unserem Baby suchte. „Hier ist es." Er lächelte uns an, als er auf eine kleine Kugel auf dem Bildschirm zeigte. Die Kugel pulsierte, als der Arzt die Lautstärke aufdrehte, und wir hörten einen winzigen Herzschlag.

Eine Träne fiel und ich keuchte auf. Nix drückte meine Hand und sah mich an. „Da ist es also. Unser Baby, Katana."

Mein Herz war voller Liebe. Liebe für das Kind und Liebe für Nixon Slaughter.

Gott sei mir gnädig, wie kann man sich so schnell verlieben?

19

NIXON

Ein paar Tage waren vergangen, seit wir zum Arzt gegangen waren. Ich aß nur mit August zu Mittag, da unser anderer Partner, Gannon, an diesem Tag keine Zeit hatte. Ich vermutete, dass ein Zweijähriger viel Aufmerksamkeit in Anspruch nahm, wettete aber, dass es tatsächlich die heiße, junge Babysitterin war, die Gannon Forester in diesen Tagen so beschäftigt hielt.

Ich hatte mir geschworen, so wenig Menschen wie möglich über die Schwangerschaft zu informieren, aber ich konnte mich nicht stoppen. „Ende Juli werde ich ebenfalls beschäftigt sein." Ich steckte ein Stück Pfeffersteak in meinen Mund, während ich darauf wartete, dass August mich fragte, warum das so war.

„Hast du einen anderen Deal in Aussicht, Nixon?", fragte er mich und nahm einen langen Schluck von seinem Eistee.

„Erinnerst du dich daran, wie ich die Stadt an Halloween verlassen habe?" Ich fuhr mit der Hand über meinen Bart und erinnerte mich daran, dass ich ihn seit jener Nacht wachsen ließ. Ich würde bald eine noch viel dauerhaftere Erinnerung an jene schicksalhafte Nacht haben.

„Ja, du bist einfach abgehauen. Also, was ist damit?" Er hörte auf zu essen, um mir seine volle Aufmerksamkeit zu schenken. „Du siehst anders aus als sonst, Nixon."

„Ja?", fragte ich. „Inwiefern?"

Er zuckte mit den Schultern. „Ich bin mir nicht sicher. Du siehst nur ein bisschen anders aus. Ein bisschen glücklicher oder so. Bekommst du mehr Schlaf als sonst? Du siehst gesund aus."

Ich hatte in letzter Zeit weniger geschlafen als sonst, da Katana und ich jede Nacht mindestens zwei Stunden fantastischen Sex hatten. Ihr Schlafzimmer war nur ein Aufbewahrungsort für ihre Kleidung. Aber ich ernährte mich besser – ich verbrachte mehr Zeit zu Hause mit Katana und genoss die gesunden Gerichte, die Mona uns kochte, anstatt so viel auswärts zu essen.

„Also, was mich Ende Juli so beschäftigen wird, ist ein Baby." Ich verstummte und wartete auf seine Reaktion.

August blinzelte ein paar Mal. „Hast du jemanden ernsthaft gedatet, ohne uns davon zu erzählen?"

„Nun, jetzt schon." Ich grinste. „Die Frau, die ich an Halloween getroffen habe, ist schwanger – von mir. Als sie mich anrief und mir erzählte, dass der Test positiv war, habe ich sie bei mir einziehen lassen."

Da er selbst ein wohlhabender Mann war, war August bei Frauen vorsichtig. „Warte. Diese Frau ... hast du sie überprüft? Du kannst nicht sicher sein, dass das Baby von dir ist, bevor es geboren ist und du einen Vaterschaftstest machen lassen kannst. Glaubst du nicht, dass es vorschnell ist, sie bei dir wohnen zu lassen?" Er schüttelte den Kopf. „Es sieht dir gar nicht ähnlich, so etwas Dummes zu tun."

„Nein, wohl nicht." Ich rutschte auf meinem Platz herum, da es mir nicht gefiel, wenn jemand dachte, dass ich einen Fehler machte. „Und ich werde einen Test machen, wenn das Baby da ist. Aber ich möchte nichts verpassen, falls ich der Vater bin. Und ich denke, dass es so ist. Diese Frau hat mir keinen Grund gegeben zu glauben, dass sie eine Lügnerin ist."

„Und womit verdient diese Frau ihren Lebensunterhalt?", fragte August, als er seine Hände hinter seinen Kopf legte und sich zurücklehnte, als wäre er mein Therapeut, der sich auf eine lange Sitzung vorbereitete.

„Sie ist Buchcover-Designerin und arbeitet freiberuflich von zu Hause aus." Ich zwinkerte ihm zu. „Ziemlich cool, oder?"

Endlich lächelte er und setzte sich aufrecht hin. „Gott sei Dank. Ich war mir ziemlich sicher, dass du mir erzählen würdest, dass sie Stripperin ist."

„August!" Ich lachte und er tat es mir gleich.

„Ich werde sie dir bald vorstellen müssen. Du wirst sehen, dass sie aufrichtig ist. Und ich muss zugeben, dass ich dabei bin, mich in sie zu verlieben." Ich steckte meine Hand in meine Tasche und sah zu Boden. „Sie ist ständig in meinen Gedanken."

„Oh oh." August schüttelte den Kopf.

Warum oh oh?

„Möchtest du das ausführen, August?", fragte ich ihn, während ich meinen Eistee nahm und einen Schluck trank.

„Du würdest nichts Dummes machen, oder?", fragte er und tippte dann mit dem Finger auf die Tischplatte. „Etwa sie spontan und ohne Ehevertrag heiraten."

„Ehevertrag?", fragte ich und schüttelte dann den Kopf. „Warum sollte ich so etwas brauchen? Ich glaube nicht an Scheidung. Meine Eltern haben mich richtig erzogen, August."

„Aber was ist mit ihren Eltern?" Er zwinkerte mir zu und wedelte mit dem Finger. „Du bist nicht der Einzige, der die Scheidung einreichen kann, Nixon. Sie könnte es auch tun. Und sie könnte sich dabei die Hälfte deines Vermögens unter den Nagel reißen."

Seine Frage nach ihrer Kindheit ließ eine Warnglocke in meinem Kopf läuten. „Sie wuchs in Pflegefamilien auf. Sie kannte ihren Vater nicht und ihre Mutter hat sie im Stich gelassen."

„Verdammt", murmelte er. „Das klingt nach einem harten Leben. Armes Ding. Jetzt brauchst du wirklich einen Ehevertrag. Sie ist eine Wildcard. Du hast keine Ahnung, in was sie sich verwandeln könnte. Wenn du die Familie von jemandem kennst, kannst du eine ungefähre Vorstellung davon bekommen, wie diese Person ist und wie sie später im Leben sein wird. Du kennst sicher das Sprichwort, dass man sich nur die Mutter einer Frau ansehen muss, um zu wissen, wie sie in 20 Jahren sein wird, oder?"

„Und ihre Mutter ist ein schrecklicher Mensch", murmelte ich. Der Gedanke, dass Katana so wie ihre verantwortungslose Mutter werden könnte, war nicht schön. „Verdammt."

„Hör zu, übereile nichts. Ihre Schwangerschaft ist kein Grund, unüberlegt zu handeln." Er winkte den Kellner zu sich. „Können Sie mir die Rechnung bringen?"

Der Kellner nickte und verschwand.

Augusts Worte trafen mich wie ein Schlag in die Magengrube. Wie hatte ich Katanas schreckliche Vergangenheit vergessen können?

So etwas musste einfach Spuren in der Psyche hinterlassen. Und Katana hatte eine gewisse Verletzlichkeit an sich. Manchmal konnte Verletzlichkeit zu Schwäche und selbstzerstörerischen Tendenzen führen und Beziehungen ein jähes Ende setzen.

Vielleicht ging alles zu schnell. Vielleicht wartete ich besser noch damit, dauerhafte Entscheidungen zu treffen.

Aber selbst als ich darüber nachdachte, schlug mein Herz schneller, als ob es versuchte, mehr Blut in mein Gehirn zu pumpen. Es erinnerte mich daran, wie mein Puls sich beschleunigt hatte, als ich in ihre schönen Augen sah, während wir die ersten Geräusche unseres Babys hörten. Das war echt.

Diese finsteren Zukunftsvisionen waren es nicht.

Es gab keine Garantien im Leben, nur Fragen. Was, wenn sie wie ihre Mutter wurde? Was, wenn sie sich in eine selbstzerstörerische Person verwandelte, die darauf aus war, mich zu ruinieren? Es gab unendlich viele solcher Fragen.

Aber dann fing ich an, über mich selbst nachzudenken. Was, wenn ich mich nie zu ihr bekannte? Was, wenn ich sie an einen anderen Mann verlor, der ihr die Stabilität gab, nach der sie sich schon ihr ganzes Leben lang sehnte? Was, wenn ich sie nur deshalb verlor, weil ich mir zu viele Sorgen um die Zukunft machte?

Ich war tief in Gedanken versunken, als August die Rechnung bezahlte. Er unterbrach meinen inneren Kampf, als er fragte: „Was ist mit Freitag? Gehst du aus?"

Ich schüttelte den Kopf. „Nein. Das hat keinen Sinn mehr – ich habe Katana versprochen, dass ich niemanden sonst date."

Seine Augen weiteten sich geschockt. „Willst du mich verarschen, Mann? Du hast ihr schon ein solches Versprechen gegeben? Du kennst sie kaum, Nixon. Verdammt, hat sie dich mit Voodoo verzaubert? Du bist doch sonst nicht so."

„Sie ist schwanger mit meinem Kind", sagte ich. Ich wollte, dass er mich verstand. „Sie sagte mir, sie würde niemanden daten, und ich sagte ihr das Gleiche. Ich habe ihr auch gesagt, dass es nichts ist, was in Stein gemeißelt ist."

„Du triffst ziemlich große Entscheidungen basierend auf der Annahme, dass dieses Baby von dir ist", sagte er, als wir aufstanden und zur Tür gingen. „Und was ist mit mir?"

Der Portier öffnete die Tür und wir traten in den kühlen Nachmittag hinaus. Eine leichte Brise bewegte mein Haar und ich fuhr mit meiner Hand hindurch. „Was soll mit dir sein?", musste ich fragen.

„Ich will nicht allein die Stadt unsicher machen. Gannon hat bereits angerufen und abgesagt. Und jetzt auch noch du?" Er schüttelte den Kopf, als wir auf unsere Autos zugingen. „Wir müssen einen Nachtclub planen. Das ist einer der Hauptgründe, warum wir am Freitagabend zusammen ausgegangen sind. Um zu sehen, was die Menschen mögen und was sie anlockt."

Wir blieben vor seinem BMW stehen und ich musste ihm etwas sagen, worüber ich schon eine Weile nachgedacht hatte. „Wir planen keinen Club für normale Leute. Wir planen einen Club für die Superreichen. Und das bedeutet, dass unsere Kunden nicht die Gleichen Wünsche haben werden wie die Leute, die in die Clubs gehen, die bereits hier sind. Unsere Kunden werden auf der Suche nach Raffinesse, Stil und Kontaktmöglichkeiten zu anderen Menschen mit Geld sein, die ihnen helfen können, ihre Geschäfte weiter auszubauen."

Er konnte nur nicken. Aber er trug immer noch ein Stirnrunzeln. „Ich glaube, du hast recht."

„Als wir unser Nachtclub-Projekt begonnen haben, waren wir alle Singles und frei. Und wir waren alle auf der Suche nach Spaß. Nun, mein Spaß wartet zu Hause auf mich. Und obwohl Gannon noch nichts Offizielles verkündet hat, ist sein Spaß auch zu Hause. Unsere Clubbing-Tage gehören höchstwahrscheinlich der Vergangenheit an." Ich sah, wie Augusts Gesichtsausdruck grimmig wurde. „Ich hoffe, dass dich das nicht verärgert, Mann."

Mit einem Kopfschütteln öffnete er die Fahrertür und sah mich an. „Ihr werdet wohl langsam erwachsen."

Ich denke, dass wurden wir wirklich. Und es war längst überfällig.

20

KATANA

Am Nachmittag wehte eine kühle, sanfte Brise vom Ozean heran und brachte einen wundervollen Duft mit sich. Ich saß auf der Terrasse, bekam etwas Vitamin D von der Sonne und genoss den wunderschönen Tag.

Nix hatte mit einem seiner Geschäftspartner zu Mittag gegessen. Danach wollte er sofort nach Hause kommen. Ich liebte es, dass jemand jeden Tag zu mir nach Hause kam. Es war so anders als zuvor.

Jemand räusperte sich und lenkte meine Aufmerksamkeit von meinen Gedanken ab. Ich zog meine Sonnenbrille herunter, um zu sehen, wer es war. Ein großer Mann stand auf der Treppe und sah mich an. „Hi. Du bist neu in der Gegend." Er deutete auf die Terrasse. „Darf ich?"

„Natürlich", sagte ich, setzte mich auf und stellte sicher, dass mein Kleid gerade saß. Ich hatte geschlafen und wusste nicht, in welchem Zustand ich war. „Ich bin Katana Reeves."

Er kam zu mir und gab mir die Hand. „John Simmons. Ich wohne nebenan. Bist du mit Nixon verwandt?"

„Nein ... nein, das bin ich nicht." Ich wusste nicht, wie viel ich dem Mann sagen sollte.

„Oh, okay." Er deutete auf den anderen Stuhl. „Darf ich?"

„Bitte setz dich." Ich deutete auf die ungeöffnete Flasche Wasser auf dem kleinen Tisch zwischen uns. „Hast du Durst?"

Er schüttelte den Kopf. „Nein. Also, woher kommst du, Katana Reeves?"

„Portland", sagte ich. „Aber jetzt lebe ich hier."

Er nickte und fuhr mit der Hand durch sein dichtes, dunkles, welliges Haar. „Und warum ist das so?"

Ich fand ihn ziemlich neugierig, aber ich vermutete, dass Nachbarn gerne wussten, wer neben ihnen wohnte. „Nun, wenn du es unbedingt wissen musst ... ich bin schwanger mit Nixons Baby."

„Oh!", sagte er mit hochgezogenen Augenbrauen. „Das nenne ich Neuigkeiten."

„Bist du ein Reporter?", scherzte ich.

„Nein", sagte er lachend. „Nur ein neugieriger alter Mann mit zu wenig zu tun."

„Du bist nicht alt", sagte ich, während ich ihn ansah. Er war nicht wirklich jung, aber auch nicht alt.

„Für wie alt hältst du mich?", fragte er mit einem Lächeln. „Sei ehrlich. Ich möchte wirklich wissen, wie alt ich für dich aussehe."

„40", sagte ich, ohne zu viel darüber nachzudenken.

Er nickte. „42. Aber ich fühle mich viel älter. Ich schätze, dass das bei einer Scheidung passiert."

„Es tut mir leid, das zu hören. Wie lange ist es her?", fragte ich mit einem kleinen Stich in meinem Herzen.

„Es ist fast ein Jahr her, dass die Scheidung vollzogen wurde. Aber der ganze hässliche Prozess hat zwei Jahre gedauert." Er fuhr sich mit der Hand über die Stirn. „Ich habe zu lange damit gewartet, meine Frau zu verlassen. Ich bin für unsere zwei Kinder geblieben. Ich verbrachte 20 Jahre mit dieser Frau, von der ich dachte, dass sie mich liebte. Vor sechs Jahren erwischte ich sie dabei, wie sie mich betrog, und erfuhr, dass sie es schon immer getan hatte. Ich musste sogar meine Kinder testen lassen, um sicherzugehen, dass sie von mir waren. Sie waren es, also blieb ich. Ich blieb so lange, bis unser Jüngster die High-School abschloss und aufs College ging. Dann bin ich gegangen und diese Frau, die mich so verletzt hatte, versuchte, mir noch mehr zu schaden. Sie wollte die Hälfte von allem. Es hat lange gedauert, bis die Scheidung abgeschlossen war – mein Anwalt musste gegen ihren kämpfen, damit ich nur ein Viertel von dem, was ich hatte, verlor, statt die Hälfte."

„Das klingt schrecklich", sagte ich, während ich den Kopf schüttelte.

„Das war es auch." Er nickte. Dann zog er seine Sonnenbrille herunter und musterte mich. „Du und Nixon ... kennt ihr euch schon lange?"

Ich fühlte meine Wangen vor Verlegenheit heiß werden. „Nein. Ganz und gar nicht."

Er schnalzte mit der Zunge und schüttelte den Kopf. „Verdammt."

„Ja, nun, es ist, wie es ist." Ich wusste nicht, was ich noch sagen sollte.

„Und was ist jetzt dein Plan?", fragte er, als er seine Sonnenbrille wieder auf seine Nase schob.

„Zusammen das Baby großziehen und das Leben auf uns zukommen lassen." Ich seufzte, wohl wissend, dass das wie ein flatterhafter Plan klang.

„Oh, so ein Plan. Ich verstehe." Er lachte und schlug sich auf sein jeansbedecktes Bein. „Ich beneide euch nicht."

Obwohl ich von den unverblümten Worten des Mannes etwas beleidigt war, fragte ich: „Und warum nicht, John?"

„Nun, meine Frau und ich hatten einen richtigen Plan, und selbst das hat uns nichts gebracht." Er seufzte und ich konnte seine Trauer darüber spüren, wie sich seine Ehe entwickelt hatte. „Wir haben unsere Ehe aus Liebe geschlossen, nicht wegen einer Schwangerschaft. Ihr beide werdet es nicht leicht haben."

„Ich mache mir keine Sorgen wegen der Beziehung zwischen Nix und mir. Mir geht es um das Wohlergehen unseres Kindes. Das ist alles, was wirklich zählt. Ich glaube, Nix und ich haben beide die Interessen des Babys im Blick." Ich lehnte mich zurück und fühlte mich großartig bei dem, was ich gesagt hatte.

John lachte wieder. „Oh, Süße!"

Oh, Süße?

Ich schüttelte den Kopf. „Was bedeutet das?"

„Es bedeutet, dass du in einer Fantasiewelt lebst. Das bedeutet es." Er lächelte mich an, als ob ich mich bei dem, was er sagte, besser fühlen sollte, was nicht der Fall war. Und ich war mir verdammt sicher über alles gewesen, bevor er gekommen war. Besonders seit dem Termin beim Arzt und dem besonderen Moment, als ich Nix in mein Herz gelassen hatte.

Sicher, ich war nicht so weit gegangen, Nix von diesem kleinen Wunder wissen zu lassen, aber ich würde es tun. Eines Tages. Erst musste mehr Zeit verstreichen, oder er würde denken, dass ich ihm viel zu früh meine Liebe gestand. Das konnte ich nicht zulassen. Also behielt ich es für mich.

Aber dieser Typ, dieser Fremde, hatte mir gerade gesagt, dass ich in einer Fantasiewelt lebte, und er wusste im Grund nichts darüber. Also erleuchtete ich ihn. „Ich glaube nicht, dass ich in einer Fantasiewelt lebe. Nun, das stimmt nicht ganz. Dieser Ort, dieses Zuhause, der Mann, der jeden Tag zu mir kommt – das alles ist tatsächlich wie eine Fantasie. Und zwar keine, die ich jemals zuvor hatte. Ich hatte nicht gewollt, dass alles so kommt, aber es ist ein Geschenk. Nix ist ein Geschenk."

John lächelte. „Das klingt nett. Also magst du den Typen sehr gern?"

Ich nickte. „Ich liebe ihn." Ich konnte nicht glauben, dass ich gerade etwas so Monumentales vor diesem Mann zugegeben hatte, den ich nicht einmal kannte. „Und ich denke, dass er sich auch in mich verlieben wird. Ich denke, er und ich können eine fantastische Familie werden."

Johns Augenbrauen schossen hoch. „Ach ja? Da du aus Portland kommst, nehme ich nicht an, dass du viel über den Mann weißt, mit dem du zusammenlebst."

„Nicht über seine Vergangenheit. Aber ich lerne ihn mit jedem Tag besser kennen – er ist ein guter Mann. Ein Mann, den ich respektiere." Ich nahm die Flasche Wasser und trank etwas davon, da meine leidenschaftliche Rede meinen Mund trocken gemacht hatten.

Ein Schnalzen sagte mir, dass John mir etwas erzählen wollte. „Nun, du solltest wissen, dass der Mann ein Auge für schöne Frauen hat. Und er hat sie nie lange behalten. Als sein Nachbar kann ich dir sagen, warum das so ist. Würdest du es gerne wissen?"

Ich wollte es wissen. Und auch wieder nicht. Was spielte es für eine Rolle, wie er in der Vergangenheit bei anderen Frauen war? Aber die verdammte Neugierde hob ihren hässlichen Kopf und benutzte meinen Mund, um zu sagen: „Ja, ich würde gerne wissen, warum. Wahrscheinlich denkst du, dass es daran liegt, dass er ein Frauenheld ist."

Als John den Kopf schüttelte, war ich überrascht. „Nein. Ich meine, er war mit jeder Menge verschiedener Frauen zusammen, aber ich glaube nicht, dass das seine Absicht war. Nixon Slaughter wird leicht abgelenkt. Nicht von anderen Frauen, sondern von seinen Geschäften. Sein Fehler ist, dass er deswegen die Menschen in seinem Umfeld vernachlässigt. Ich habe ihn auf dieser Terrasse mit einer schönen Frau nach der anderen gesehen. Und ich habe gesehen, wie er einen Anruf nach dem anderen angenommen hat und sie hier mit der perfekten Aussicht sitzenließ. Und ich habe erlebt, wie er vergaß, dass hier überhaupt jemand auf seine Rückkehr wartete. Manchmal ist er weggefahren, ohne sich auch nur zu verabschieden."

Er konnte nicht über den Mann sprechen, den ich kannte. „Bist du sicher, dass du den Mann meinst, der hier lebt? Weil Nixon überhaupt nicht so ist."

„Vielleicht hat das Baby etwas damit zu tun", schlug John vor. „Aber ich glaube, dass früher oder später wieder sein ursprünglicher Charakter zum Vorschein kommt. Was wird dann aus dir, Katana? Allein hier mit einem Baby und niemandem, der dir hilft."

„Ich denke nicht ...", versuchte ich zu sagen.

John schüttelte den Kopf. „Ich weiß, dass du nicht denkst, dass er so mit dir oder dem Kind umgehen wird", sagte er. „Aber ich habe schon viel mitbekommen. Ich wohne seit fast drei Jahren neben ihm. Ich habe ihn gesehen. Ich kenne ihn. Du nicht. Er ist begeistert davon, dass er zum ersten Mal Vater wird. Der Mann ist fast 30 und wusste wahrscheinlich nicht einmal selbst, wie bereit er war, Vater zu sein. Selbst Männer sehnen sich in einem bestimmten Alter nach Kindern."

„Vielleicht hat das Baby ihn verändert. Vielleicht ist es wahr. Aber ich denke, dass es eine bleibende Veränderung ist. Ich vertraue darauf", sagte ich und schaute dann über meine Schulter, als ich das vertraute Piepen des Sicherheitssystems hörte. „Ich muss mich von dir verabschieden, John. Er scheint jetzt zu Hause zu sein."

John stand auf und winkte, als er die Treppe hinunterging. „Wir sehen uns, Katana."

Als ich ins Haus ging, kam Nix gerade durch die Küche, nachdem er sein Auto in der Garage geparkt hatte. Sein Lächeln war das Erste, was ich bemerkte. Dann legten sich seine Arme um mich und hielten mich fest, während sich unsere Münder in dem süßen Kuss trafen, den wir immer teilten, wenn er nach Hause kam.

Ich liebte dieses kleine Ritual. Aber ich konnte nicht anders, als mich nach dem Gespräch, das ich gerade gehabt hatte, unsicher zu fühlen. Johns Worte über Nix' Vergangenheit hatten mich ein wenig beunruhigt und denken lassen, dass ich dem Mann meine Liebe vielleicht zu schnell schenkte. Das Kind hatte es nicht verdient, vernachlässigt zu werden – und ich auch nicht. Das war ein absolutes K.o.-Kriterium für mich.

21

NIXON

Jeder Tag, der verging, ließ uns einander näherkommen. Ich redete mehr mit Katana als jemals zuvor mit irgendjemandem. Es waren nur noch ein paar Tage bis Weihnachten, aber ich hatte mich so an unsere kleine Routine gewöhnt, dass es mir kaum auffiel.

Nachdem wir uns einen Film angesehen hatten, schaltete ich den Fernseher aus und stieg vom Sofa. „Zeit fürs Bett, Baby."

Ein sexy Lächeln umspielte ihre Lippen, als sie meine Hand nahm und sich von mir hochziehen ließ. Sie bewegte sich direkt in meine Arme. „Ich fühle mich heute Nacht temperamentvoll, Meister." Sie zog meine Hand auf ihren Hintern. „Vielleicht wird mich eine kleine Bestrafung beruhigen."

„Ich kann sehen, dass dich die gesunde Ernährung, die ich dir verordnet habe, wieder in Form gebracht hat. Vielleicht können wir ein bisschen spielen." Ich hob sie hoch und trug sie die Treppe hinauf zu meinem Schlafzimmer – das für mich bereits zu *unserem* Schlafzimmer geworden war. „Weißt du, du solltest mich einfach deine Sachen in dieses Schlafzimmer bringen lassen." Ich setzte sie auf mein Bett und liebte, wie sie bei dieser Idee strahlte.

„Damit das, was wir hier haben, ein bisschen echter wird?",
fragte sie.

„Möchtest du das denn?", erwiderte ich, als ich ihre Bluse
aufknöpfte.

Ihre Brüste quollen über ihren BH. Ihre D-Cups würden bald
Doppel-Ds sein. Ich zog ihr die Bluse und den BH aus. Dann hielt ich
einen Moment inne, um die Kunstwerke zu bewundern, die ich
enthüllt hatte.

Katanas Stimme brach den Zauber ihrer Brüste über mich. „Ich
würde nichts lieber tun, als das zwischen uns realer zu machen. Ich
werde morgen meine Sachen hierherbringen, wenn du möchtest."

„Nichts würde mich glücklicher machen." Obwohl es mindestens
eine Sache gab, die mich glücklicher machen würde, würde ich
meine Weihnachtsüberraschung nicht vermasseln.

Ich drängte sie, sich zurückzulehnen, zog ihr die Jeans aus und
ließ sie aufkeuchen, als ich ihr Höschen zerriss und auf den Boden
warf. Sie biss sich auf die Unterlippe, während sie mich
beobachtete.

Ich zog mein Hemd aus und trat aus meiner Jeans, ließ aber
meine enge schwarze Unterwäsche an. Dann drehte ich Katana um,
so dass sie auf ihre Hände und Knie ging. Sie bewegte sich wie eine
Tigerin über das Bett und schien mehr als bereit zu sein.

Ihr dunkles Haar hing herab und bedeckte ihre Brüste. „Wie
willst du mich, Meister?"

Ohne ein Wort zu sagen, bewegte ich meinen Finger im Kreis und
deutete an, dass ich wollte, dass sie sich umdrehte. Sie tat es und
präsentierte mir ihren runden Hintern. Ich bewegte eine Hand über
ihre weiche Haut, während ich die andere über meine wachsende
Erektion bewegte.

Allein der Anblick ihres festen, kleinen Hinterns machte unmög-
liche Dinge mit mir. Ich hatte keine Ahnung, wie sie das machte. Die
Frau beherrschte meine Gedanken. Ich ließ während meiner arbeits-
reichen Tage alles stehen und liegen, nur um sie anzurufen und ihre
Stimme zu hören.

Die Frau hatte mich in der Hand. Und sie wusste es noch nicht einmal. Aber selbst wenn sie es eines Tages erkennen würde, konnte ich mir nicht vorstellen, dass sie es jemals ausnutzen würde.

Ihr Stöhnen riss mich aus meinen Gedanken und ich kam zurück in die Realität. Ich holte aus und verpasste ihr einen Klaps. Sie stöhnte noch lauter. „Ja, Meister."

Ein Lächeln bewegte sich über mein Gesicht. Ich gab ihr noch drei Schläge, und sie wackelte mit ihrem Hintern und zeigte mir, dass sie mehr wollte. Nach weiteren drei Schlägen beugte ich mich vor, küsste ihren süßen Hintern und knabberte an ihrer zarten Haut.

Sie machte einen großartigen Laut, als ich ihre Pobacken leckte. Dann flüsterte sie: „Oh, Meister, würdest du mich bitte in den Hintern ficken?"

Hölle ja, das werde ich!

Ihre Bitte spornte mich an, sie nass und bereit für meinen Schwanz zu machen, der steinhart war.

Ich steckte einen Finger in ihr feuchtes Zentrum und wusste, dass sie bereit für mehr war, also zog ich mein Gesicht von ihrem köstlichen Hintern und ließ meine Unterwäsche fallen. Als ich die Spitze meines Schafts gegen ihre Pobacken drückte, war ich überrascht, dass sie sich mit einem plötzlichen Ruck zurückdrängte und meinen Schwanz stöhnend in sich sinken ließ.

Ich gab ihr einen Klaps. „Du solltest das deinem Meister überlassen, du kleine Verführerin."

„Entschuldigung, ich wollte dich so sehr, Meister." Sie drehte ihren Kopf und sah mich über ihre Schulter hinweg an.

Ich verpasste ihr einen weiteren Schlag. „Dir ist vergeben, Sklavin."

Sie bewegte ihre Hände das Bett hoch und senkte ihren Kopf, um ihren Hintern höher in die Luft zu bekommen. Mein Schwanz sank tiefer in sie und ich spürte, wie sie sich noch mehr dehnte, um mich aufzunehmen.

Mein Schwanz war im Himmel. Ich bewegte mich hin und her und benutzte ihren Hintern, um meine Erektion zu streicheln. „Schneller", bettelte sie.

Ich machte schneller und stieß härter in sie. Meine Hoden

prallten bei jedem harten Stoß gegen ihr Zentrum und bald begannen ihre Beine zu zittern. Ihr Stöhnen wuchs und wuchs, bis sie ein schrilles Kreischen von sich gab, als ihr Körper seinen Höhepunkt erreichte.

Ich wollte nichts verpassen, zog meinen Schaft aus ihrem Hintern, nahm sie an der Hüfte und drehte sie um. Ich sehnte mich danach, die Säfte, die ich ihr entlockt hatte, zu kosten. Also ließ ich sie ihre Beine anwinkeln, beugte mich vor und platzierte mein Gesicht auf ihrem pochenden Zentrum.

Dann steckte ich meine Zunge in sie und trank so viel von ihr wie ich konnte, bevor der Orgasmus nachließ und die Säfte aufhörten so schnell zu fließen. Ihre Hände umklammerten meine Haare, als sie die heißesten Laute machte, die ich je gehört hatte.

„Gott, Nix! Verdammt, du fickst mich so gut", stöhnte sie.

Ich hielt inne, um sie ein bisschen höher aufs Bett zu schieben. Dann kletterte ich auf sie. Mein Schwanz schob sich in sie und spürte das letzte Nachbeben ihres Orgasmus.

Schnell und hart zog ich eine ihrer Brüste in meinen Mund und saugte daran, während ich sie fickte. Ihre Nägel strichen über meinen Rücken und hinterließen heiße Spuren. Ich machte immer weiter, bis sie hart kam und mich mitriss.

Ein schreckliches Stöhnen drang aus meinem Mund, als ich meine Ladung in ihr heißes Zentrum schoss. Ihre Beine schlangen sich um mich und hielten mich fest, als ob sie wollte, dass ich meinen Schwanz nie wieder aus ihrem pulsierenden Inneren herauszog.

Nicht dass ich es eilig hatte, ihre warme Umarmung zu verlassen. Ich hielt mein Gewicht von ihr, während wir beide wieder zu Atem kamen. Als die Hitze nachließ, brach ich neben ihr zusammen. Meine Hand ruhte auf ihrem noch immer flachen Bauch.

Sie strich mit ihrer Hand über meine, während sie flüsterte: „Unsere kleine Kugel ist in Ordnung. Keine Sorge, Daddy."

„Daddy", wiederholte ich. „Und wie geht es Mommy? Hat dir gefallen, was Daddy mit dir gemacht hat?"

Sie kicherte. „Das klingt gruselig. Aber es hat mir sehr gut gefallen, was du mit mir gemacht hast. Ich hätte nie gedacht, dass ich mich so fühlen könnte."

„Ich habe heute Morgen in meinem Büro auf einen Kunden gewartet und etwas zu lesen gesucht. Ich fand einen schmutzigen Roman auf meinem Kindle und bin die Sexszenen durchgegangen. So bin ich auf die Idee gekommen. Es freut mich, dass es dir gefallen hat." Ich war ziemlich stolz auf mich, weil ich mir die Zeit genommen hatte, nach neuen Wegen zu suchen, um meiner Lady Vergnügen zu bereiten.

„Wie nett von dir, Nix." Sie drehte sich zu mir um. Ihre Lippen berührten meine Nase. „Weißt du, ich denke, du bist der netteste Mann, den ich je getroffen habe."

„Das war ich nicht immer, Katana. Es ist seltsam, welchen Einfluss du auf mich hast. Du hast mich verändert, ohne es zu versuchen." Ich küsste sie auf die Stirn. „Ich meine, ich wusste nie, dass ich so sein kann. Die Wahrheit ist, dass mein Unternehmen mich seit Jahren völlig vereinnahmt hat. Davor war es Sport. Ich war nie der Typ, der sich viele Gedanken über die Frauen gemacht hat, mit denen ich zusammen war. Aber du – irgendwie hast du die Kontrolle übernommen. Jetzt bist du es, die meine Gedanken vereinnahmt."

„Ich hoffe, dass es so bleibt. Du beherrschst auch meine Gedanken, weißt du." Sie fuhr mit der Hand über meine Brust und erkundete mein Tribal-Tattoo. „Mein Leben war ganz in Ordnung, aber jetzt ist es besser, als ich jemals zu träumen gewagt hätte. Danke, Nixon Slaughter."

„Nein, ich danke dir, Katana Reeves." Ich zog sie näher zu mir und hielt sie fest. „Ich danke Gott jeden Tag dafür, dass er mich in jener Halloween-Nacht zu dir geführt hat. Ich werde sie niemals vergessen."

Auch wenn wir keine bleibende Erinnerung daran gehabt hätten, würde ich niemals die Nacht vergessen, in der ich Katana gefunden und mich in den Mann verwandelt hatte, der ich sein sollte.

22

KATANA

A m Weihnachtsabend kam Nix mit einem echten Weihnachtsbaum nach Hause. Ich traf ihn an der Tür, wo er mir erzählte, dass er eine Überraschung hatte. „Wow, ein echter Baum, hm?", fragte ich, als er ihn ins Haus zog und eine Spur aus Kiefernnadeln zurückblieb.

„Immer, Baby." Er lehnte ihn gegen die Wand, zog mich in seine Arme und gab mir den üblichen Begrüßungskuss. „Das ist Tradition in meiner Familie. Wir stellen den Baum erst an Heiligabend auf und bauen ihn einen Tag nach Neujahr ab."

„Warum hast du so lange damit gewartet, ihn aufzustellen, Nix?", fragte ich, während ich mit meiner Hand über den Baum fuhr und ihn etwas klebrig und stachelig fand.

Nix ging zum Schrank unter der Treppe und zog eine Schachtel heraus, auf der *Weihnachten* geschrieben stand. Er kam zum Baum und stellte sie auf den Boden. „Nun, meine Familie ist groß, ich habe dir ja schon davon erzählt. Wir Kinder haben Mom und Dad immer angebettelt, *nur ein Geschenk* öffnen zu dürfen, was nervig sein musste."

„Das kann ich mir vorstellen", sagte ich, als ich ihm half, die

Sachen aus der Schachtel zu nehmen und sie auf den Couchtisch zu legen, um sie zu sortieren.

„Also kamen sie auf die Idee, den Weihnachtsbaum erst an Heiligabend aufzustellen und uns jeweils ein Geschenk öffnen zu lassen. Am nächsten Morgen haben wir den Rest geöffnet und Santa die Chance gegeben, unsere Strümpfe mit Süßigkeiten und kleinen Spielsachen zu füllen." Seine Augen leuchteten auf, als er die Baumspitze herauszog, einen alten Stern mit verblasstem Silberglitzer. „Das hier gehörte zur Weihnachtsschmuck-Sammlung meiner Urgroßmutter. Ich habe eine ganze Kiste davon bekommen, als sie gestorben ist."

Ich nickte und verstand, warum er das hässliche alte Ding aufbewahrte. Ich bemerkte, dass alle Ornamente alt und abgenutzt aussahen. „Hast du das alles geerbt?"

„Ja." Er hörte auf, Dinge aus der Schachtel zu nehmen, um etwas aus seiner Jackentasche zu ziehen. „Aber ich werde dieses Jahr etwas Neues hinzufügen. Es ist das erste Ornament, das ich selbst gekauft habe."

Eine kleine braune Papiertüte war in seiner Hand und er reichte sie mir. „Was ist das?", fragte ich. Die Tüte war flach, fast als wäre nichts darin.

„Öffne sie." Sein Lächeln wurde breiter, als er mich beobachtete.

Ich tat es und fand eine durchsichtige Plastikhülle mit einem Babyschuh aus Messing. Darin eingraviert waren die Worte: *Daddys und Mommys erstes Weihnachten mit ihrer kleinen Kugel.*

Tränen trübten meine Sicht, als ich dachte, dass es das Süßeste war, das er jemals in seinem ganzen Leben getan hatte. Ich warf mich in seine Arme und versuchte, die Tränen zurückzuhalten, aber ich konnte es einfach nicht. „Nix, du bist der wunderbarste Mann auf dem Planeten."

„Ah, es ist nur etwas, das uns hilft, uns an unser erstes gemeinsames Weihnachtsfest zu erinnern." Er sah auf das Ornament, das ich hielt, nahm es mir aus der Hand und legte es zum Rest der Sachen auf den Tisch. „Zuerst müssen wir dieses Ding in einen Baumständer stellen, und das ist keine leichte Aufgabe."

Ich hatte noch nie einen echten Baum gehabt. Meine Pflegeeltern hatten einen kleinen Plastikbaum gehabt, den sie jedes Jahr direkt nach Thanksgiving aufstellten und erst nach Neujahr wieder abbauten. Wir hatten ihn nie zusammen dekoriert. Mrs. Davis machte das alleine.

Alles, was ich je bekommen habe, war ein Geschenk pro Jahr. Ich war dankbar dafür. Und es war immer etwas Nützliches, nie Spielzeug. Ich hatte nie Spielsachen, soweit ich mich erinnern konnte. Aber ich würde dafür sorgen, dass mein Kind jede Menge davon hatte.

„Das hätte ich fast vergessen", sagte Nix. Als er den Kopf hob, sah ich sein Grinsen. „Kannst du zu meinem Auto gehen? Es ist vor dem Haus geparkt. Jemand hat etwas für dich darin hinterlegt. Auf dem Beifahrersitz."

„Für mich?", fragte ich überrascht. Ich ging zu seinem Auto, öffnete die Beifahrertür und fand eine kleine Schachtel und einen roten Umschlag. „Hmm, ich frage mich, von wem das ist."

Ich dachte, es wäre ein frühes Geschenk von Nix, aber als ich die Karte öffnete, fand ich heraus, dass es von Shanna war. Der Umschlag enthielt eine Weihnachtskarte mit einem Lichterbaum auf der Vorderseite.

Als ich sie öffnete, sah ich, dass Shanna mir eine Nachricht geschrieben hatte. Die erste Zeile fesselte mich.

An die Frau, die das Herz meines besten Freundes gestohlen hat.

Jetzt musste ich alles lesen. Wie könnte ich das nicht?

Nixon Slaughter ist wie ein großer Bruder für mich, seit ich denken kann. Also bin ich wohl manchmal etwas zu besitzergreifend.

Aber ich kann sehen, dass er dich mit leuchtenden Augen betrachtet. Und das freut mich.

Es tut mir leid wegen meiner Vorurteile über eure sexuellen Vorlieben. (Ich weiß – kein typisches Weihnachtskartenthema!) Wie auch immer, bitte verzeih mir, dass ich voreilige Schlüsse über dich gezogen habe. Ich kenne dich noch nicht gut, aber du bist das Mädchen meines besten Freundes, und das heißt, dass wir auch gute Freundinnen werden.

Ich hoffe, du kannst mir eine Chance geben, dir zu beweisen, dass ich

nicht immer eine fiese Schlampe bin. Vielleicht könnte das dein Weihnachts-
geschenk für mich sein – Vergebung für mein Verhalten dir gegenüber.

Jetzt öffne das Geschenk, das ich Nixon für dich mitgegeben habe, und
wir begraben offiziell das Kriegsbeil.

Mein Herz war voller Emotionen, als ich die Karte ordentlich
wegsteckte, um sie für immer zu behalten.

Als ich die kleine schwarze Schachtel öffnete, fand ich ein
Armband darin. Es war ein silbernes Bettelarmband mit einigen
Anhängern. Einer hatte die Form eines Herzens. Auf der einen Seite
stand *Freunde fürs Leben* und auf der anderen Seite hatte sie unsere
Namen eingravieren lassen.

Ich nahm mein Geschenk und meine Karte mit ins Haus. Nix sah
mich strahlend an, als ich hereinkam. „Sehe ich eine Träne?"

Ich wischte mir mit dem Handrücken das Auge ab. „Ich fürchte
ja. Ich glaube, ich habe eine neue Freundin gefunden."

Er nickte. „Gut. Shanna ist wie eine Schwester für mich. Sie ist
ein Wildfang und mag es nicht, mit Mädchen abzuhängen. Sie ist
irgendwie rau und ungelenk. So sind wir zu guten Freunden geworden. Ich möchte nicht, dass du jemals eifersüchtig auf sie bist. Es gibt
keinen Grund dazu. Ich hoffe, du kannst sie als Teil meiner Familie
ansehen, weil sie mir so nahe steht."

Ich trat hinter ihn und umarmte ihn. „Ich denke, sie hat eine
großartige Geste gemacht, und ich werde sie als das akzeptieren, was
sie ist. Ich bin einfach so glücklich, dass wir alle miteinander
auskommen können. Ich möchte nichts in unserem Leben verderben. Ich möchte es nur verbessern."

Er drehte sich um und schlang seine Arme um mich. Ein süßer
Kuss sagte mir, dass er glücklich war, was mich ebenfalls glücklich
machte.

Ich wusste, dass wir es nicht leicht haben würden. Ich wusste,
dass die meisten Leute dachten, wir würden es nicht schaffen. Aber
ich würde mich der Herausforderung stellen.

Ich fragte mich, ob Nix auch so dachte.

Mona war in der Küche und machte uns ein besonderes Weihnachtsessen für Heiligabend. Ich hatte ihr im Geheimen gesagt, dass

ich wollte, dass sie sich den ganzen ersten Weihnachtstag frei nahm. Die ganze Woche über hatte ich Rezepte aus dem Internet gesammelt und Kochvideos angeschaut. Ich hatte sogar einen Ausflug in den Supermarkt gemacht, um alle Zutaten zu kaufen, die ich brauchte, um Nix ein richtiges Weihnachtsessen mit Schinken, Süßkartoffeln, Bohneneintopf und hausgemachten Brötchen zu machen.

Nix und ich schafften es, den Baum in seinen Ständer zu stellen und nahmen uns Zeit, als wir ihn mit den Ornamenten schmückten. Nix erzählte mir, woher sie alle kamen. Seine Familie war riesig und ich musste zugeben, dass ich bei dem Gedanken, all seine Verwandten zu treffen, eingeschüchtert war.

„Wie soll ich mich an all ihre Namen erinnern, Baby?", fragte ich, als ich eine hellblaue Kugel an den Baum hängte. Sie hatte einen großen gelben Fleck, und Nix erzählte mir, dass sie in ein Glas von Tante Rose' Eistee gefallen war, als sie die Ornamente an ihrem letzten Weihnachtsfest abnahm.

„Du solltest dir deswegen keine Sorgen machen." Er küsste meine Nasenspitze. „Die Hälfte der Zeit kann sich meine Mutter nicht einmal an die Namen ihrer Kinder erinnern. Sie geht einfach alle Namen durch und schreit dann: *Du weißt, wer du bist und warum ich dich rufe, verdammt!*"

Ich lachte, als er meine Rippen kitzelte. „Nix!" Ich wand mich, um von ihm wegzukommen. „Lass das!"

Er hörte auf und zog mich für einen Kuss an sich. Als unsere Zungen sich trafen, dachte ich, dass ich noch nie so ein denkwürdiges Weihnachten erlebt hatte. Er hatte Dinge in mein Leben gebracht, von denen ich keine Ahnung hatte, dass ich sie vermisste.

Mona kam aus der Küche. „Das Esszimmer erwartet Sie beide. Ich gehe jetzt nach Hause. Sie können das Geschirr einfach in die Spülmaschine stellen, wenn Sie fertig sind. Ich werde mich um alles kümmern, wenn ich wiederkomme."

Nix nahm meine Hand, als ich rief: „Danke, Mona. Frohe Weihnachten."

„Gleichfalls. Bye", rief Mona, bevor sie durch die Garagentür schlüpfte.

Ich sah Nix an und seine grünen Augen funkelten. „Habe ich dir schon gesagt, dass du heute Abend wunderschön aussiehst?"

Röte bedeckte meine Wangen. Er machte mich verlegen, wenn er mich so anschaute und mir solche Dinge sagte. „Nein, das hast du mir noch nicht gesagt." Ich senkte schüchtern den Kopf.

Er hob ihn mit einem Finger an und küsste mich sanft. „Du bist immer sehr schön, aber heute Abend noch mehr als sonst."

„Du siehst heute Abend auch sehr gut aus." Ich strich mit meiner Hand über seinen hellgrünen Pullover. „Er betont die Farbe deiner Augen."

Ich hatte zu diesem Anlass ein rotes Kleid angezogen. Er strich mit den Fingern über meine Schulter. „Rot steht dir gut."

Wir gingen zum formellen Esszimmer und fanden dort Kerzen, die einen wunderschönen Tisch erhellten, der wie aus einer Zeitschrift aussah.

Zwei goldene Hauben bedeckten unsere Teller und funkelndes Wasser glitzerte in Weingläsern. „Mona ist fantastisch", flüsterte ich.

Wie kann ich das jemals übertreffen, wenn ich das Essen für Weihnachten koche?

Aber all diese Sorgen verließen meinen Kopf, als Nix mir auf einen Stuhl half und sich an die Spitze des Tisches setzte. Wir saßen da und sahen alles an. Dann nahm er meine Hand. „Weißt du, zu Hause spricht mein Vater ein Gebet, bevor wir zu besonderen Anlässen essen. Ich nehme an, da wir bald Eltern sein werden, sollten wir das auch tun."

Ich schüttelte den Kopf. „Ich kenne keine Gebete. Sprich du eines."

Er senkte den Kopf und ich tat es ihm gleich, als er sagte: „Vater unser im Himmel, bitte segne dieses Essen, für das wir so dankbar sind. Und bitte segne unser Baby, für das wir auch dankbar sind." Er hielt inne und räusperte sich. „Und segne die Frau an meiner Seite, da sie das alles möglich gemacht hat. Ohne sie wäre ich verloren. Amen."

Als ich zu ihm aufblickte, sah ich unvergossene Tränen in seinen

Augen schimmern. Ich strich mit der Hand über seinen Bart. „Du wärst verloren?"

Er nickte und beugte sich vor, um mich zu küssen. „Du bist meine Heldin."

Ich schluckte und versuchte nicht zu weinen. „Und du bist mein Held."

Er küsste mich wieder und ich fühlte mich, als würde ich schweben. War dies der richtige Zeitpunkt, um ihm meine Liebe zu gestehen?

Aber als seine Lippen meine verließen, zog er die Haube von seinem Teller und lächelte. „Wow, sie hat sich selbst übertroffen. Gebratene Wildhühner, Kartoffelpüree mit Bratensauce und Erbsen mit Perlzwiebeln."

Ich nahm ebenfalls die Haube von meinem Teller und genoss die Aromen, die mir entgegenkamen. „Es riecht wunderbar, nicht wahr?"

„Ja." Er begann zu essen und ich folgte seinem Beispiel.

Der Augenblick war vorüber und jetzt wäre es peinlich, ihm die Worte zu sagen. Wie sagte man so etwas – vor allem zum ersten Mal – wenn der Adressat damit beschäftigt war, jeden Bissen eines köstlichen Abendessens zu genießen?

Vielleicht würde ich es ihm am ersten Weihnachtstag sagen. Vielleicht wäre das der perfekte Zeitpunkt, um ihn wissen zu lassen, dass ich ihn liebte.

23

NIXON

Nach dem köstlichen Abendessen an Heiligabend weigerte sich Katana, das schmutzige Geschirr einfach in der Spülmaschine zu lassen. Sie räumte das Esszimmer auf und machte den Abwasch.

Während sie das tat, ging ich mit einem Glas Wein auf die Terrasse, um die Sterne zu betrachten. Das Geräusch von Schritten, die die Treppe heraufkamen, lenkte mich vom Himmel ab und ich sah meinen Nachbarn John, der sich auf mich zubewegte. „Hey, John. Frohe Weihnachten."

„Frohe Weihnachten, Nixon." Er setzte sich auf einen der Liegestühle und zog eine Flasche Bier aus seiner Jackentasche. „Ich habe dich hier draußen gesehen und dachte, ich könnte dir Gesellschaft leisten."

Ich hob mein Glas Wein und prostete ihm zu, und er tat das Gleiche mit seinem Bier. „Auf einen neuen Anfang", sagte ich.

„Auf einen neuen Anfang", wiederholte er. Dann öffnete er die Flasche und trank. „Hat Katana dir gesagt, dass ich sie neulich getroffen habe?"

„Ja", sagte ich und stellte mein Glas ab.

Sein Gesichtsausdruck wurde verlegen. „Hat sie mich verraten?"

Ich erstarrte eine Sekunde, als ich mich fragte, was zur Hölle er meinte. Was hatte er getan? Sie hatte kein Wort darüber gesagt, dass er irgendetwas gesagt hatte, was ihn dazu bringen könnte, mir eine solche Frage zu stellen. „Nein. Warum sollte sie das tun?"

„Nun ja", er schien zu zögern. „Nachdem ich zurück nach Hause gegangen war, dachte ich darüber nach, was ich gesagt hatte, und mir wurde bewusst, dass ich sie vielleicht von dir abgeschreckt hatte."

„Nun, wenn Katana von mir abgeschreckt ist, zeigt sie es nicht." Ich lachte, nahm mein Glas und trank daraus. Wenigstens hatte das, was er gesagt hatte, sie nicht beeinflusst.

„Gut. Manchmal rede ich einfach zu viel." Er trank einen Schluck Bier, bevor er weitersprach. „Weißt du, ich habe sie darauf hingewiesen, wie du bist – beziehungsweise warst. Ich sagte ihr, dass du dazu neigst, Menschen zu vernachlässigen. Vor allem Frauen."

„Oh, das." Mir war dieser große Fehler bewusst. „Nun, ich bin nicht so, wenn ich bei ihr bin. Sie macht mich zu einem besseren Menschen. Ich weiß nicht, wie sie es macht. Sie verlangt nicht von mir, irgendjemand zu sein. Ich will nur bei ihr sein – oder zumindest den Tag über immer wieder mit ihr telefonieren, wenn ich nicht bei ihr sein kann. Sie ist das, worüber ich die meiste Zeit nachdenke."

„Und jetzt ist da auch noch das Baby. Sie hat mir davon erzählt. Sie ist hier bei dir, damit ihr es zusammen großziehen könnt." Er trank noch einen Schluck. „Du weißt über meine Scheidung Bescheid. Und du weißt, dass ich nie wieder heiraten werde. Rückblickend wünschte ich, dass ich niemals Kinder gehabt hätte."

„Komm schon, John. Du hast viel über die Scheidung und den Betrug deiner Frau gejammert, aber wie kannst du deine Kinder bereuen? Das geht einfach zu weit. Es ist kein Fehler, ein Kind in die Welt zu setzen. Ich glaube das mit ganzem Herzen." Ich wusste, dass ich selbstgerecht klang und lauter sprach als normal, aber er musste aufhören, sich mit diesen Gedanken zu quälen.

„Sie haben Probleme wegen dem, was sie durchgemacht haben, Nixon. Sandy hat Probleme damit, Menschen zu vertrauen, und Brady ist ein Frauenheld. Beide trinken zu viel." John schüttelte den Kopf. „Wenn ich gewusst hätte, dass sie solche Probleme bekommen würden, wäre ich vielleicht früher gegangen und hätte sie einfach mitgenommen."

„Als ob du das getan hättest", sagte ich und strich mir durch die Haare. Der Wind war stärker geworden und hatte sie ein wenig durcheinandergebracht. „Du hättest niemals das alleinige Sorgerecht für sie bekommen."

„Ich hätte mit ihnen davonlaufen und der Frau entkommen sollen, die unser Leben ruiniert hat. Ich hätte sie retten sollen." Er trank noch einen Schluck und sah niedergeschlagen zu Boden.

„Ich bezweifle, dass deine Kinder so kaputt sind – ich habe sie gesehen. Machen sie morgen einen Weihnachtsbesuch bei dir?" Ich versuchte, ihn mit der Frage von seinem Selbstmitleid abzulenken.

„Ja", sagte er und beendete sein Bier. „Nachdem sie bei ihrer Mutter Halt gemacht haben. Sie hat einen neuen Freund – der Bastard kann einem leidtun. Sie feiern ein richtig altmodisches Weihnachten mit seinen drei Kindern. Ich schätze, sie tut so, als hätte sie eine große, glückliche Familie voller Liebe, jetzt da sie mich los ist."

Es war falsch von mir, aber ich musste lachen. „Tut mir leid. Wirklich. Ich weiß, du hattest es nicht leicht, aber hör dir nur zu. Sie hat dich nicht verlassen. *Du* hast *sie* verlassen. Du hast das getan, was deiner Meinung nach für die Kinder am besten war – das ist bewundernswert. Du hast dein Bestes gegeben. Denkst du nicht, dass es Zeit ist, Frieden mit der Vergangenheit zu schließen?"

John sah mich stirnrunzelnd an. „Nein. Das denke ich nicht. Und ich bin nicht zu dir gekommen, um über mich zu reden. Ich wollte über dich sprechen. Lass Katana nicht denken, dass du immer an ihrer Seite sein wirst, während sie euer Kind großzieht. Wir beide wissen, dass du mit einem neuen, aufregenden Projekt beschäftigt sein wirst und sie und dieses Kind darauf warten werden, dass deine Aufmerksamkeit zu ihnen zurückkehrt. Was nie passieren wird, weil Männer wie du getrieben sind."

Ich war leicht verärgert, dass der Mann dachte, er würde mich besser kennen als ich mich selbst. „Getrieben sein ist nicht automatisch schlecht – sieh nur, wie weit es mich gebracht hat", sagte ich und deutete auf meine Terrasse. „Und es spielt keine Rolle, wie ich früher war. Ich will Katana und unser Baby. Ich habe sie und das Baby bereits an erste Stelle gesetzt, obwohl ich ein aktuelles Projekt habe. Wir werden unseren Nachtclub Swank am Silvesterabend eröffnen. Ich habe sie nicht aus den Augen verloren, während ich mit diesem Projekt beschäftigt war."

„Vielleicht, weil sie und das Baby zu deinem neuen Projekt geworden sind. Du hast bereits an dem Nachtclub gearbeitet, als du sie getroffen hast." Seine Worte ließen mein Herz einen Schlag aussetzen.

Er hatte absolut recht. Ich arbeitete schon seit Monaten an dem Nachtclub. John kannte mich gut. Ich hatte immer schon ein neues Projekt im Kopf, bevor ich das beendete, an dem ich gerade arbeitete. Das war einfach meine Art zu denken.

Selbst als Kind hatte ich mit Basketball begonnen, noch bevor die Football-Saison zu Ende war.

Ich war jemand, der immer nach der nächsten Herausforderung Ausschau hielt.

Würde ich Katana das antun? Würde ich es meinem eigenen Kind antun?

„Ich kann sehen, dass du in Gedanken versunken bist, Nixon. Ich hoffe, du bist nicht sauer auf mich. Aber ein Kind zu haben ist eine große Sache." Er verstummte, als ich abwinkte, damit er aufhörte zu reden.

„Ich bin nicht sauer. Ich weiß, dass du viel über Kinder und darüber, was mit ihnen passiert, wenn ihr Familienleben schlecht ist, nachdenkst. Und ich weiß, dass du es nicht böse meinst." Ich trank den Rest meines Weines, während ich versuchte, die richtigen Worte zu finden.

„Ich meine es ganz sicher nicht böse. Aber du musst realistisch sein, was das Mädchen und das Baby angeht." Er stand auf und warf seine Bierflasche in den kleinen Mülleimer am oberen Ende der Treppe. „Du bist ein großartiger Kerl, Nixon. Ich möchte nicht, dass du glaubst, dass ich das nicht weiß. Aber du bist ein getriebener Mann, und solche Männer geben lausige Ehepartner und Väter ab.

Menschen werden von Männern wie dir zurückgelassen. Lass das Mädchen nicht hoffen, dass du etwas sein kannst, das du nicht bist. Lass sie mit dem Baby machen, was sie für richtig hält." Und damit verließ er mich.

Allein saß ich da und dachte darüber nach, wer ich wirklich war.

Ich wusste, dass ich Katana und unserem Kind niemals den Rücken kehren würde. Sie würde immer alles haben, was sie brauchte, um sich um unser Kind zu kümmern. *Immer.*

Aber brachte ich Katana in eine Position, in der sie verletzt und allein zurückbleiben würde, wenn ich zu meinem nächsten Projekt ging?

Als ich aufschaute, schienen die Sterne zu verschwimmen und sich zu drehen. Mein Leben hatte gerade angefangen, der Welt zu ähneln, von der ich immer geträumt hatte. Ich war noch nie so oft zu Hause und so glücklich gewesen, das Büro zu verlassen. Aber es ging nicht nur darum, nach Hause in mein Strandhaus in Malibu zu kommen – es ging um Katana.

Ich war immer ein bisschen mehr als nur zufrieden mit meinem Leben gewesen. Aber ich war noch nie so glücklich gewesen wie seit dem Zeitpunkt, als Katana in mein Leben getreten war.

Seit der Nacht, in der wir uns begegnet waren, empfand ich etwas für sie, das niemals enden würde. Also gab es nur eine Frage. War es echt?

Waren meine Gefühle echt oder nur die typische Aufregung, die ich immer spürte, wenn ich mit einem neuen Projekt begann?

Katana fühlte sich für mich nicht wie ein Projekt an. Ich versuchte nicht, sie so zu formen, wie ich sie haben wollte. Das machte ich mit Projekten. Ich baute Dinge, veränderte Dinge und arrangierte sie neu. Ich hörte nicht auf, bis ich vollkommen zufrieden mit dem war, was ich getan hatte.

Ich sah sie nicht an und dachte, sie würde mit blonden Haaren besser aussehen. Ich dachte nicht, dass sie den Stil ihrer Kleidung ändern sollte. Ich dachte nicht, dass sie einen anderen Job brauchte.

Ich wollte nichts an der Frau ändern. Nun, da war eine Sache, die ich an ihr ändern wollte. Also belog ich mich wohl selbst.

24

KATANA

Weihnachtstag

Am Weihnachtsmorgen wachte ich alleine im Bett auf. Nachdem ich mich gähnend gedehnt hatte, setzte ich mich auf und rief: „Nix?"

Niemand antwortete und ich stand auf, um zu duschen und mich für den Tag bereitzumachen. *Unser erstes Weihnachten!*

Ich hatte letzte Nacht die Geschenke, die ich ihm gekauft hatte, unter den Baum gelegt, und er hatte auch etwas für mich dort platziert. Ich fand es ziemlich süß, dass wir auch etwas für unser Baby gekauft hatten.

Es lag ein größerer Haufen Geschenke unter meinem allerersten Weihnachtsbaum, als ich jemals zuvor gesehen hatte. Alles war besser mit Nix.

Als ich duschte, bemerkte ich, dass ein teures, neues Shampoo und Haarspülung auf der Ablage standen. Nix hatte Herzen auf die Flaschen gemalt und *Nur für dich* darauf geschrieben.

Ich benutzte das Minz-Shampoo, das meine Kopfhaut kribbeln ließ und dachte darüber nach, was für ein Schatz der Mann war. Ich hätte ihn auch genommen, wenn er keinen Cent gehabt hätte. Ich wäre mit ihm in ein Baumhaus gezogen. Es war mir egal. Ich wusste, dass ich Glück hatte, dass er mich an jenem Abend in diesem Club gefunden hatte.

Nachdem ich mich so hübsch wie möglich gemacht hatte, zog ich das rote Kleid an, das ich extra für diesen Tag gekauft hatte. Es passte perfekt um meine schmalen Taille, von der ich wusste, dass ich sie bald verlieren würde. Das Kleid war unten ausgestellt, so als hätte ich einen Unterrock darunter an. Der Stoff reichte bis unter meine Knie und als ich Ballerinas hinzufügte – Nix hatte gesagt, dass er mich während der Schwangerschaft nicht in Absätzen sehen wollte, oder er würde mich übers Knie legen – sahen meine Beine lang und schlank aus.

Ich fühlte mich hübsch und konnte es kaum erwarten, Nix zu finden. Ich wollte diesen Tag nicht vorübergehen lassen, ohne ihm zu sagen, was ich wirklich für ihn empfand.

Als ich aus der Schlafzimmertür trat, fand ich etwas auf dem Boden. Die weißen Rosenblätter kontrastierten mit den dunklen Steinfliesen. Es sah so aus, als hätte er jedes Blütenblatt so platziert, wie er es haben wollte.

Was soll das?

Ich musste mich fragen, was der Mann vorhatte. Bei ihm wusste ich einfach nicht, was er plante.

Ein Gedanke kam mir und ich erstarrte. *Was, wenn er mir ein teures Auto gekauft hat?*

Ich versuchte, mich von dem Schock zu erholen, und dachte darüber nach, wie nervös ich wäre, etwas so Teures zu fahren. Ich hatte immer nur Schrottkarren gehabt. Würde ich es schaffen, erfreut statt verängstigt zu wirken?

Ich schüttelte die Nervosität ab und erreichte die Treppe. Die Rosenblätter gingen die Stufen hinunter, und ganz unten war der Boden kreisförmig mit ihnen bedeckt.

Es sah so aus, als ob in diesem Kreis etwas fehlte, und ich musste mich fragen, was das sein könnte. Okay, vielleicht hatte er mir kein Auto gekauft. Vielleicht war es ein wirklich großes Geschenk, und er hatte es noch nicht ins Haus gebracht, um es dort hinzustellen.

Soll ich zurückgehen und noch ein paar Minuten warten?

Als ich dastand und darüber nachdachte, was ich tun sollte, bemerkte ich noch etwas anderes. Zwei Koffer standen an der Tür.

Was in aller Welt machen sie da?

Überraschte er mich mit einer Reise?

Ich hatte absolut keine Ahnung, was er vorhatte und ob ich umkehren sollte, um zu warten. Ich wollte ihm seine große Überraschung nicht verderben, wenn er sich so viel Mühe damit gemacht hatte.

Niemand hatte jemals etwas so Großartiges für mich getan. Ich schaute über meine Schulter und überlegte, ob ich zurück ins Schlafzimmer gehen sollte, um mein Handy zu holen, damit ich ein Foto machen konnte. Ich wollte mich für immer an diese Szene erinnern.

Als ich mich umdrehte, hörte ich ein Geräusch – ein Rascheln traf meine Ohren und ich drehte mich um, um zu sehen, was es war.

Auf einem Knie und in einen schwarzen Smoking gekleidet hielt Nix mir eine Schatulle hin. Der Edelstein des Rings war so groß, dass ich ihn vom oberen Ende der Treppe aus sehen konnte.

Seine grünen Augen trafen meine, als er zu mir aufblickte. Ich ging jeden Schritt langsam, so dass ich mir alles einprägen konnte. Die Art, wie Nix mich anlächelte. Wie seine Augen funkelten. Sein glatt rasiertes Gesicht, ohne den Bart, an den ich mich gewöhnt hatte. Das süße Grübchen auf seiner linken Wange, das ich jetzt sehen konnte.

Ich konnte kaum atmen. Er wollte mir einen Antrag machen und ich wusste verdammt genau, was meine Antwort sein würde. Manche Leute würden vielleicht denken, es sei zu schnell, aber ich wusste, dass ich den Mann liebte und dass es keinen anderen wie ihn auf der Welt gab. Nixon Slaughter war der Richtige für mich.

Er wartete geduldig darauf, dass ich zu ihm kam. Als ich es tat, sprach er endlich. „Du siehst wunderschön aus, Baby."

Ich weinte fast, aber ich schaffte es zu sagen: „Du auch." Ich strich mit meinen Händen über seine Wangen. „Du hast dich rasiert."

Er nickte. „Ja, ich wollte, dass die Bilder schön werden."

Also wollte er noch ein paar Fotos machen. Der Mann würde

sicherstellen, dass wir etwas hatten, um uns an all unsere entscheidenden Momente zu erinnern. Er war einfach perfekt.

Heute war der Tag, an dem wir uns verloben und unser erstes Weihnachten feiern würden. Eines Tages würde es eine Hochzeit geben. Eines Tages würde die Geburt unseres Kindes anstehen.

„Ich bin mir sicher, dass sie schön werden, Nix." Ich lächelte ihn an und liebte es, dass er sein dunkles Haar auf einer Seite gescheitelt trug, was ihn noch attraktiver machte.

„Ich möchte dir eine Frage stellen", sagte er. „Ist das okay für dich?"

Ich nickte. „Ja."

„Gut, ich habe mein erstes Ja bekommen, jetzt will ich mehr." Er grinste und seine Augen leuchteten amüsiert. „Katana Grace Reeves." Er hielt inne und zwinkerte mir zu. „Ich habe letzte Nacht in deiner Handtasche herumgeschnüffelt und deinen Führerschein gefunden, so dass ich jetzt deinen zweiten Vornamen kenne."

„Ich verstehe." Ich lachte leise. „Bitte fahre fort."

Er räusperte sich, bevor er weitersprach. „Katana Grace Reeves, ich liebe dich." Mein Herz klopfte schneller und ich spürte, wie sich die erste Träne löste. „Ich liebe dich seit der Nacht, in der wir uns trafen. Eine Nacht, die keiner von uns jemals vergessen wird. Ich bitte dich nicht nur deshalb, weil du unser Baby unter dem Herzen trägst, mich zu heiraten. Ich bitte dich darum, weil ich mir ein Leben ohne dich an meiner Seite nicht einmal vorstellen will – bis dass der Tod uns scheidet. Ich meine es ernst. Also frage ich dich, ob du mich auch liebst und ob du meine Frau werden möchtest. Heute. In Las Vegas."

Heute?

Ich schwankte ein bisschen und fühlte mich wie betäubt. Er wollte mich nicht nur heiraten, er wollte es jetzt tun. Mein Mund war trocken. Mir war schwindelig. Und mein Herz machte einen Sprung in meiner Brust.

Tränen strömten wie Regen über meine Wangen, als meine Lippen sich teilten. „Ich liebe dich, Nixon Slaughter. Nichts würde mich glücklicher machen, als dich heute zu heiraten."

Sein Lächeln wurde noch breiter, als er aufstand und den riesigen diamantenen Verlobungsring auf meinen Finger gleiten ließ. „Danke, Baby. Ich verspreche dir, dass du deine Antwort nie bereuen wirst."

Als seine Arme sich um mich legten und mich an ihn zogen, damit unsere Lippen sich berühren konnten, wusste ich, dass ich die richtige Entscheidung getroffen hatte.

Was Nixon anging, war jede Entscheidung, die ich getroffen hatte, die richtige gewesen. Die Annahme seines Angebots, den Club in der Halloween-Nacht mit ihm zu verlassen; die Entscheidung, ihm so schnell wie möglich von dem Baby zu erzählen; die Einwilligung, bei ihm einzuziehen – es war alles richtig gewesen.

Auch das jetzt musste richtig sein.

Als sich unsere Münder trennten, keuchten wir beide. „Ich würde dich nach oben bringen und dich zärtlich lieben, Katana, aber wir müssen unsere Geschenke öffnen und einen Privatjet erreichen. Ich habe mir erlaubt, uns eine Hochzeitssuite zu buchen. Ich wollte kein Risiko eingehen."

Wir öffneten die Geschenke, die wir einander gegeben hatten. Er schenkte mir noch mehr teuren Schmuck, und dann war da noch eine kleine Schachtel. Als ich sie öffnete, fand ich Schlüssel mit dem Mercedes-Emblem darauf. „Nix!"

„Du siehst ein bisschen geschockt aus, Baby", sagte er lachend. „Meine Frau kann nicht in einer Schrottkarre herumfahren. Ich habe Standards aufrechtzuerhalten, weißt du."

Ich schüttelte den Kopf, als ich die Schlüssel weglegte. Dann nahm ich das besondere Geschenk, das ich ihm besorgt hatte, und reichte es ihm. „Danke für das Auto und den ganzen Schmuck. Öffne das hier als Nächstes."

Er lächelte die ganze Zeit, als er das Päckchen öffnete, und als er den einfachen Briefbeschwerer darin fand, lachte er. „Ein Briefbeschwerer, auf dem *Ich liebe dich* steht?"

„Nun, ich hatte keine Ahnung, dass du so viel für mich vorbereiten würdest. Und ich wollte dir heute etwas gestehen. Du hast mir mit dem Heiratsantrag die Show gestohlen, aber ich wollte, dass du weißt, dass ich dich liebe. Ich weiß es seit dem Tag, an dem wir das

Herz unseres Babys schlagen hörten." Ich schlang meine Arme um seinen Nacken und küsste ihn.

Wir hatten einen perfekten Tag nach dem anderen. Ich war keine Idiotin – ich wusste, dass manche Tage nicht perfekt sein würden, aber ich hatte das Gefühl, dass es mehr gute als schlechte Tage geben würde.

Ein paar Stunden später standen er und ich vor einem Prediger, der wie Elvis aussah, während leise Musik in einer winzigen Kapelle in Vegas spielte. Ich hatte nie davon geträumt zu heiraten, aber es übertraf alles, was ich mir je hätte vorstellen können.

Als wir uns zum ersten Mal als Ehemann und Ehefrau küssten, wusste ich, dass wir alle Hindernisse überwinden und eine Familie haben würden, auf die wir beide stolz sein konnten. Nix und ich hatten unser Happy End gefunden. Daran hatte ich keinen Zweifel.

Ende

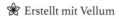 Erstellt mit Vellum